Karin Bell wurde 1980 in Siebenbürgen geboren. Heute lebt sie mit ihrer Familie im Schwabenländle, doch ihr Herz schlägt seit vielen Jahren für Amerika. Ihren ersten Roman schrieb sie, nachdem sie als Jugendliche mehrere Wochen bei Verwandten in Michigan verbrachte. Seitdem lässt sie das amerikanische Lebensgefühl nicht mehr los.

KARIN BELL

Heartbeats in Gainesville

Ein Wunsch für die Liebe

Überarbeitete Neuausgabe Mai 2022

Made in Stuttgart with ♥

Heartbeats in Gainesville

ISBN 978-3-98637-626-0
E-Book-ISBN 978-3-98637-632-1

Covergestaltung: Anne Gebhardt
Umschlaggestaltung: ARTC.ore Design
Unter Verwendung von Abbildungen von
shutterstock.com: © rSnapshotPhotos
stock.adobe.com: © yanikap
istockphoto.com: © kali9
Lektorat: Carolin Diefenbach
Satz: dp DIGITAL PUBLISHERS GmbH
Druck und Bindung: Books on Demand GmbH, Norderstedt

Becky

April

Sie liebte das Kochen. Sie liebte den Duft, den das Essen verströmte, wenn es in der Pfanne brutzelte, und die nahezu meditative Ruhe, die sie beim Schneiden der Zutaten empfand. Aber noch mehr liebte Becky Walker den Moment, wenn sich die ganze Familie am Esstisch versammelte, um gemeinsam zu essen und zu lachen. Sie erinnerte sich an die seltenen, dafür besonderen Restaurantbesuche, an all die Köstlichkeiten, die sie selbst liebevoll aufgetischt hatte, sowie an ausgelassene Feiern – und davon hatte es viele gegeben. Geburtstage, Hochzeitstage, College-Abschlussfeiern, Barbecues und Weihnachtsfeste. All diese Augenblicke hatten Becky einen Entschluss fassen lassen.

Sie griff nach dem Kugelschreiber und beschriftete einen der Aufkleber, die sie normalerweise für selbst eingekochte Marmelade verwendete. Diesen jedoch befestigte sie sorgfältig auf dem Deckel einer großen Tupperdose. Kurz hielt sie inne und zum ersten Mal seit Stunden gönnte sie sich einen Moment, um durchzuatmen. Erst jetzt registrierte sie das beruhigende Ticken der Küchenuhr, die über der Tür hing, und musste lächeln, als ihr Blick auf das drollige Gänsepaar fiel, welches das Ziffernblatt zierte. Tick, tack, tick, tack.

In Gedanken versunken saß Becky einfach da, bis sie die Stille nicht mehr ertragen konnte. Das unaufhaltsame Fortschreiten des Zeigers erinnerte sie an ihre eigene Vergänglichkeit und die Zeit, die ihr mit jeder Sekunde entglitt.

Schnell straffte sie die Schultern, wischte sich mit dem Handrücken die Tränen aus den Augen und griff nach der Gefrierdose, in der sich das letzte von fünf eigens vorgekochten Gerichten befand. Dann marschierte sie zum Kühlschrank.

Kurz schloss sie die Augen, um sich zu sammeln, ehe sie die Tür öffnete und das Gefäß neben die anderen Behältnisse stellte – gefüllt mit Mahlzeiten, die nicht mehr für sie bestimmt waren. Beckys Tage waren gezählt. Vielleicht blieben ihr noch zwei volle Monate, wenn es gut lief.

Bei dem Gedanken an jenen niederschmetternden Arztbesuch vor einem halben Jahr lief es ihr eiskalt den Rücken hinunter. Sie war immer gesund gewesen, hatte jeden Vorsorgetermin gewissenhaft wahrgenommen. Dennoch hatte sich der Krebs in ihr unbemerkt ausgebreitet und bereits zu weit gestreut. Und was hatte sie nach der Diagnose getan? Statt Trübsal zu blasen, hatte sie wie immer gekocht.

Seitdem kreisten ihre Gedanken unaufhörlich um ihren Mann Joseph und ihren Sohn Luke. Wie würden die beiden ihren „letzten Wunsch" wohl aufnehmen? Schließlich war es Becky in den letzten drei Jahren nicht ein Mal gelungen, dass sich die beiden Sturköpfe zu einer Aussprache trafen – nun blieb ihr nur noch dieser eine Versuch.

Becky faltete den dreiseitigen Brief, den sie in den vergangenen Tagen verfasst hatte und der ihren letzten

Wunsch festhielt. Dann öffnete sie die oberste Schublade der altmodischen Küchenvitrine, die Joseph erst im vorigen Jahr geweißelt hatte. Mit einem wehmütigen Lächeln nahm sie ein mit Zitronen bedrucktes Notizbuch heraus, in dem sich all ihre Kochrezepte befanden, und legte das für sie so wichtige Schreiben sorgsam hinein. Sie hatte es endlich geschafft und ihre Vorbereitungen abgeschlossen. Jetzt konnte sie nur darauf vertrauen, dass ihr Plan auch aufging.

1

Einen Monat später

Als Luke das Ortseingangsschild von Gainesville, Pennsylvania, passierte, schien es fast so, als ob er nie von zu Hause fortgewesen wäre. Bis auf kleinere Schönheitsreparaturen oder einen frischen Anstrich hier und da bemerkte er auf den ersten Blick kaum Veränderungen. Vor dem historischen Rathaus blühten wie eh und je üppige violette Hortensienbüsche und hießen jeden Besucher herzlich willkommen. Auch Luke hatte sich dem Anschein nach zumindest rein äußerlich kaum verändert. Er fuhr immer noch seinen hellblauen Chevy Pick-up und hörte während der Fahrt am liebsten Countrymusik.

Sein Gesicht verdüsterte sich. Sogar deswegen hatte er sich damals mit seinem Dad gestritten. Sein alter Herr verstand einfach nicht, warum Luke sein Geld für eine Rostlaube ausgab, die mittlerweile über fünfzig Jahre auf dem Buckel hatte. Aber er hatte sich als Teenager auf den ersten Blick in Roberta, wie er sein Auto liebevoll nannte, verliebt. Er hatte damals etwas Besonderes gewollt, ein Relikt aus vergangenen Zeiten, auch wenn die alte Lady ab und an launisch war. Für seinen Vater jedoch zählten nur Gegenstände mit praktischem Nutzen.

Genauso wenig Verständnis zeigte Joseph Walker für Musik oder dafür, dass sein einziger Sohn viel lieber seine Westerngitarre bearbeitete als das weitläufige Feld hinter ihrem Haus. Aber das war Luke egal. Sein

Dad musste sich damit abfinden, dass aus Luke kein Farmer mehr wurde, der Mais und Kartoffeln anbaute oder jede Viehausstellung im ganzen County besuchte. Doch es hatte eine Zeit gegeben, da hatte er sich Hoffnungen gemacht, das wusste Luke. Als er sich wie jeder kleine Junge für Traktoren interessiert oder sich um das Vieh gekümmert hatte. Allerdings war diese Zeit längst vorbei, eine wage Erinnerung, die immer mehr verblasste, genauso wie der Lack seines Pick-ups.

Luke drehte das Radio leiser, als ihn plötzlich eine tiefe Traurigkeit überfiel. Er war zum ersten Mal seit Langem wieder in Gainesville und anstelle von Bluejeans und lässigem Shirt trug er heute eine dunkle Hose und ein schwarzes Hemd. Er konnte immer noch nicht glauben, wie schnell sich der Zustand seiner Mom verschlechtert hatte, und die Schuldgefühle, dass er nicht eher gekommen war, fraßen ihn beinahe auf.

Obwohl auf der Hauptstraße keine Menschenseele zu sehen war, setzte Luke den Blinker, um auf die Straße abzubiegen, die zum Friedhof führte. Der geschotterte Weg war so trocken, dass das Auto eine dicke Staubwolke aufwirbelte, die ihm für einen Moment die Sicht nahm. Schnell drosselte er das Tempo und bremste abrupt ab, als ein tiefes Schlagloch vor ihm auftauchte, das er erst in letzter Minute bemerkte. Nachdem er einen leisen Fluch ausgestoßen hatte, atmete er erleichtert aus. Auf verbogene Felgen oder aufgeschlitzte Reifen konnte er getrost verzichten!

Langsam setzte sich der alte Chevy wieder in Bewegung und tuckerte nun nur noch in Schrittgeschwindigkeit weiter. Lukes Blick schweifte währenddessen über das weitläufige Weizenfeld, das sich bis zum Horizont ausbreitete und unter der Mittagssonne golden schimmerte. Er war wieder daheim. Ein Gefühl der Geborgenheit, das er lange Zeit nicht mehr gespürt hatte, durchflutete seinen ganzen Körper.

Automatisch kurbelte er die Scheibe runter, lehnte sich zurück und ließ seinen Arm aus dem Fenster baumeln. Der leichte Fahrtwind streifte sanft seinen Unterarm, während das Blech unter seiner Hand die Wärme der Sonne abgab. Er konnte den nahenden Sommer beinahe schmecken, als warme Luft ins Wageninnere strömte. Das Knirschen der Reifen auf Kies vermischte sich mit dem sonoren Summen der Insekten, die das Feld bevölkerten, und das laute Zirpen der Grillen weckte in ihm schlagartig Erinnerungen an laue Sommernächte.

Sein Blick wanderte zu dem tiefblauen Himmel und sein Herz zog sich schmerzvoll zusammen. Heute war kein Tag für eine Beerdigung.

***

Als Luke den Chevy vor der kniehohen Friedhofsmauer zum Stehen brachte, griff er intuitiv nach seinem Cowboyhut, legte ihn jedoch wieder zurück auf den Beifahrersitz. Sein Blick fiel auf die kleine Kapelle, die einige Meter von ihm entfernt aufragte, und für einen kurzen Moment senkte er die Lider. Die Erkenntnis, dass er heute alle möglichen Menschen außer seine Mom treffen würde, trieb ihm sofort Tränen in die Augen. Er hatte sie so sehr geliebt. Sie war der Gegenpol zu seinem Dad gewesen, gutmütig und liebevoll. Selbst wenn Luke als Teenager etwas angestellt hatte, war sie nie wirklich böse auf ihn geworden. Im Gegenteil, gerade in schwierigen Zeiten oder wenn er sich selbst nicht hatte leiden können, war sie nicht von seiner Seite gewichen. Wie gerne würde er mit ihr noch einmal an ihrem gemütlichen Küchentisch sitzen und ihr beim Backen zusehen, um dann als Erster von den Leckereien zu naschen. Irgendwie hatte seine Mom immer ein wenig nach Plätzchenteig gerochen.

Einen Moment noch hing er seinen Gedanken nach, dann sammelte Luke sich, stieß die Autotür auf und stieg aus dem Wagen. Im selben Moment trat eine brünette Frau in einem schwarzen Kleid aus der Kapelle. Ihre ganze Körperhaltung strahlte Trauer aus, ihr Kopf war gesenkt.

Er erstarrte.

Charlotte.

Wie oft hatte er in den letzten drei Jahren an sie gedacht und überlegt, ob es richtig gewesen war, die Zelte in Gainesville abzubrechen, um seinen Traum zu leben. Er hatte seine Beziehung für eine ungewisse Karriere geopfert und sich mitten in der Nacht einfach aus dem Staub gemacht. Aber sie hatte ihm keine Wahl gelassen. Sogar jetzt noch stieß ihm ihre mangelnde Unterstützung von damals bitter auf.

Auf den ersten Blick sah seine Exfreundin unverändert aus. Ihr Haar umschmeichelte wie früher in leichten Wellen ihre Schultern, ihr Teint war makellos und leicht gebräunt. Allerdings schien sie nicht mehr so unbeschwert wie damals – sie wirkte müde.

Luke zwang sich, sie nicht weiter anzustarren. Hastig ließ er die Autotür ins Schloss fallen und machte sich, ihren Blick vermeidend, auf in Richtung Kapelle.

„Luke, mein herzliches Beileid." Langsam kam Charlotte auf ihn zu und knetete dabei unruhig ihre Hände. „Es tut mir so leid."

Ihre Worte waren nicht mehr als ein Flüstern und doch lag in ihnen so viel Bedauern. Für einen Moment wirkte es, als wollte sie ihn umarmen, doch sein abschätziger Gesichtsausdruck und seine ablehnende Körperhaltung schienen ihr deutlich zu machen, es zu unterlassen. Schnell ließ Charlotte die Arme sinken und trat einen Schritt zurück.

Ohne etwas zu erwidern, ging Luke mit einem knappen Kopfnicken und fest zusammengepressten Lippen an ihr vorbei, denn vor dem Eingang der Kapelle wartete bereits eine junge blonde Frau auf ihn, die kurz nach Charlotte aus dem Gebäude getreten war.

Als er die Treppen hinaufging, breitete sich ein liebevolles Lächeln auf seinem Gesicht aus, dann schloss er seine Schwester stürmisch in die Arme. „Hey, Schwesterchen", flüsterte er liebevoll.

„Luke, endlich bist du da!" Ihr ganzer Körper bebte unter ihren Schluchzern. Heiße Tränen liefen ihr über die Wangen.

Beschützend strich Luke ihr über den Rücken und redete beruhigend auf sie ein. „Ach, Josie ... Glaub mir, ich weiß genau, wie du dich fühlst." Seine kleine Schwester wirkte in diesem Moment so hilflos und verloren, dass ihm das Herz brach.

„Dad geht es furchtbar. Er steht total neben sich", fuhr Josie nach einem Augenblick zwischen zwei

Schniefern fort. Wenigstens eine Sache, die er mit seinem alten Herrn teilte.

Luke atmete hörbar aus und erwiderte dann aufmunternd, ehe er seine Schwester aus der Umarmung entließ: „Komm, lass uns zu ihm gehen. Er braucht uns heute."

Josie wischte sich kurz die Tränen von den Wangen, griff anschließend nach seiner Hand und zog ihn mit in die Kapelle.

Im Vorraum angekommen, spürte Luke sofort die Blicke der anwesenden Trauergäste. Eigentlich hatte er so wenig Aufsehen wie möglich erregen wollen. Es gab schon genug Gerede und er konnte sich nur zu gut vorstellen, um was es ging. Der verlorene Sohn war zurück.

Als er sich umschaute, stellte er fest, dass der kleine Saal zum Bersten voll war. Nur die erste Bank war, bis auf seinen Dad, unbesetzt.

Ein kalter Schauer lief ihm über den Rücken, als er weiter ins Innere des kühlen Gebäudes trat. Draußen herrschte das blühende Leben, hier drinnen jedoch fühlte er sich wie in einer feuchten Gruft. Nur vereinzelt drangen gedämpfte Stimmen zu ihm durch, während er wie in Trance Hände schüttelte.

Sein Blick streifte ein gerahmtes Portrait seiner Mutter, das auf einem Holzständer stand, und blieb daran hängen. Für einen Moment betrachtete er ihr liebevolles Gesicht, wandte sich aber wieder abrupt ab, als ihn die Trauer übermannte. Seine Augen füllten sich mit Tränen, sein Hals war wie zugeschnürt. Luke schluckte fest, doch der Knoten in seinem Hals wollte sich nicht lösen.

Kurz nickte er einigen bekannten Gesichtern zu und ging dann zu seinem Dad, um ihn zu begrüßen. Dieser starrte jedoch wie gebannt auf die Blumenkränze vor sich – in sich gesunken, die Mimik vollends versteinert. Lukes Magen zog sich zusammen. All die Jahre hatte er nur Wut gespürt, aber ihn so zu sehen, zog im fast die Füße weg.

Auf einmal sah sein Vater auf und wandte sich überrascht um.

„Dad", fing Luke zögerlich an, verstummte allerdings sofort, als er Josephs vorwurfsvollen Blick bemerkte. Er war noch immer wütend. Wie hatte er nur auf die Idee kommen können, zwischen ihnen hätte sich irgendetwas geändert?

Luke starrte seinen Vater noch einige Augenblicke an, dann drehte er sich wortlos um und nahm am anderen Ende der Bank Platz. Auf die Missbilligung seines Vaters konnte er heute gut verzichten. Er hatte schon genug daran zu knabbern, dass er seine Mom für eine viel zu lange Zeit nicht besucht hatte. Einen Fehler, den er nie wiedergutmachen konnte. Alles, was ihm noch blieb, war, sie auf ihrem letzten Weg zu begleiten. Er wollte einfach nur trauern und sich an seine Mom erinnern. Ein weiterer Streit mit seinem Vater war das Letzte, was sie auf ihrer Beerdigung verdient hatte.

Erst als die Orgelmusik einsetzte und Luke seinen Kopf hob, bemerkte er, dass seine Schwester und Charlotte zwischenzeitlich neben seinem Vater Platz genommen hatten. Ehe er sich fragen konnte, warum Charlotte bei der Familie saß, wurde eine Flügeltür im vorderen Bereich der Kapelle geöffnet und der Sarg hineingeschoben. Nur wenige Zentimeter vor der ersten Stuhlreihe kam er zum Stehen. Luke hatte das Gefühl, dass sich die Gemäuer der kleinen Kapelle immer näher auf ihn zubewegten. Kein Wunder, er konnte sich nicht erinnern, dass es hier jemals so voll gewesen wäre.

Unbewusst fasste er sich an den Hemdkragen, widerstand jedoch dem Drang, den ersten Knopf zu öffnen. Ihm war abwechselnd heiß und kalt, seine Brust war wie zugeschnürt und sein Atem ging schwer.

Sein Blick wanderte zurück zum Porträt seiner Mutter und er fühlte, wie der Druck auf seiner Brust verschwand. Es war ein sehr gelungenes Foto und jetzt konnte er sich auch wieder erinnern, wann es aufgenommen worden war – an ihrem letzten gemeinsamen Weihnachtsfest. Es zeigte Becky kurz nach der Bescherung mit ihren neuen Ohrringen. Luke erinnerte sich noch an die Überraschung und die darauffolgende Freude in ihrem Gesicht; es war schließlich nicht oft vorgekommen, dass Joseph Walker seiner Frau romantische Geschenke gemacht hatte.

Dann begann der Pastor seine Ansprache. Die Worte, die er wählte, waren schön. Sie erzählten vom Leben einer wunderbaren Ehefrau und Mutter und lockten Lukes Gedanken fort von dem Bild.

***

Nach der Trauerfeier hatten sich die Familie und der Großteil der Bekannten und Freunde im Farmhaus der Walkers eingefunden, um dort eine kleine Mahlzeit einzunehmen und Becky zu gedenken. Mittlerweile waren jedoch mehrere Stunden vergangen und Luke brauchte einen Moment für sich allein.

Genervt warf er den Rest seines angebissenen Crackers in den Mülleimer unter der Küchenspüle. Kurz fragte er sich nach dem Sinn eines Leichenschmauses und dem des mittlerweile fünften Auflaufs, den eine Freundin seiner Mutter zum Buffet beigesteuert hatte – ihre Spezialität, wie sie es stolz genannt hatte. Bei dem Gedanken an die sogenannten „Beerdigungskartoffeln“, eine Kombination aus Käse, geschmolzener Butter und einer Schicht Cornflakes, wurde ihm beinahe übel. Wer bitte kam auf so einen makabren Namen? Und wie konnte man heute überhaupt einen Bissen herunterbekommen?

Aus dem Wohnzimmer drangen gedämpfte Stimmen und das leise Klappern von Besteck zu ihm durch, während Luke in Erinnerungen an längst vergangene Zeiten schwelgte, als seine Schwester und er Kinder gewesen waren und sich zum Frühstück Moms Pancakes hatten schmecken lassen. Luke hatte den süßlichen Duft von Ahornsirup förmlich in der Nase. Kurz musste er lächeln, als er an Josie dachte. Seine kleine Schwester hatte es mit dem klebrigen Sirup fast jedes Mal übertrieben.

Sein Blick schweifte durch den großen, lichtdurchfluteten Raum und Luke rechnete jeden Moment damit, dass seine Mom um die Ecke kommen würde. Es hatte sich nichts verändert in der gemütlichen Küche. Der maßgefertigte Esstisch war immer noch derselbe und bis auf ein paar Kerben im Holz hatte er die Zeit gut überstanden.

Dann blieben seine Augen an der zerschlissenen Küchenschürze hängen, die wie all die Jahre zuvor an dem Haken hinter der Tür befestigt war. Langsam ging er darauf zu und griff nach dem Stoff. Kurz musste er schmunzeln. Obwohl seine Mom eine riesige Auswahl an Schürzen im Vitrinenschrank gehortet hatte, hatte sie immer nur diese eine getragen.

Luke schluckte den Kloß, der sich ein weiteres Mal in seinem Hals bildete, hinunter und wischte sich erneut verstohlen eine Träne aus dem Augenwinkel. Warum nur war er nicht eher nach Hause gekommen, verdammt noch mal?

Schnell ließ er die Schürze los, als er Schritte hörte und Charlotte kurz darauf die Küche betrat, die Platte mit den Überresten der Frischkäse-Cracker in der Hand.

Kurz schien sie ebenso überrascht wie er. Dann fasste sie sich jedoch, ging ohne ein Wort zum Mülleimer, um die Reste hineinzukippen, und ließ anschließend heißes Wasser über die Porzellanplatte laufen.

Luke beobachtete, wie sie ausdruckslos etwas Spülmittel auftrug und mit der Bürste die letzten Spuren entfernte. Ihre Bewegungen wirkten routiniert und gleichzeitig roboterhaft. Erst jetzt wurde ihm bewusst, dass sie schon seit Stunden hin und her lief, Teller abräumte, Gläser einsammelte und Auflaufformen auftischte.

„Danke, Charlotte. Für alles", bemerkte Luke mit einem schiefen Lächeln. Er war seiner Exfreundin tatsächlich dankbar, dass sie seiner Familie ungeachtet ihrer unschönen Vergangenheit bei der Ausrichtung der Trauerfeier zur Seite stand.

Mitten in der Bewegung hielt sie inne und nickte stumm, ohne sich nach ihm umzudrehen. Dann fuhr sie damit fort, imaginäre Flecken von der Platte zu waschen.

Langsam trat Luke näher und griff nach dem Geschirrtuch, das auf der Arbeitsplatte lag. Ihm war nicht entgangen, dass Charlottes Augen nach wie vor gerötet waren. Sie hatte in der Kapelle geweint, ebenso wie Josie, während sein Vater und er stumm dagesessen hatten, darauf bedacht, die Fassung zu bewahren. Er wusste, dass Charlotte und seine Mom trotz ihrer Trennung vor drei Jahren eng befreundet gewesen waren. Beinahe beneidete er sie um diese Zeit.

„Und danke, dass du für Mom da warst." Lukes Stimme klang belegt, als er ihr die Platte aus der Hand nahm und sie gedankenverloren abtrocknete.

Dann antwortete sie plötzlich. „Ich kann es immer noch nicht glauben ..." Charlottes Stimme brach und ihre Augen füllten sich mit Tränen, als sie das Geschirr losließ und sich am Rand des Spülbeckens abstützte. „Sie hatte so viele Pläne, so viele Träume. Sie wollte dich besuchen kommen."

Luke sah Charlotte überrascht an, als ihm klar wurde, was das bedeutete. Seine Mom wäre hinter das Geheimnis gekommen, das er seit einem halben Jahr vor ihnen allen hütete. Schlagartig überkam ihn tiefes Bedauern, da er realisierte, dass es jetzt zu spät dafür war. Er konnte seiner Mutter nicht mehr zeigen, was er sich in Lancaster aufgebaut hatte.

Etwas zu schwungvoll stellte er die Platte auf dem Küchentisch ab, wo sie dumpf aufschlug. Sein Verstand wollte immer noch nicht begreifen, was geschehen war. Es schien ihm alles nur wie ein schlimmer Traum, aus dem er einfach nicht erwachte.

„Ich war so oft in der Nähe und habe es nicht ein einziges Mal fertiggebracht, sie zu besuchen – nur weil ich Dad nicht über den Weg laufen wollte!“ Lukes Faust sauste auf die Tischplatte herab und verfehlte nur knapp das Porzellan. Charlotte zuckte bei diesem Schlag, der vermutlich im ganzen Erdgeschoss zu hören war, zusammen. Schnell griff sie nach dem zerbrechlichen Gegenstand und drückte ihn an sich.

„Kein Grund, das Geschirr deiner Mutter zu zerstören!“, zischte sie ihm zu und drehte den Kopf hektisch zur Küchentür. „Was werden die Leute nur von dir denken?“

Ein abschätziges Schnauben entwich ihm. „Mir ist schon lange egal, wer was von mir denkt“, erwiderte Luke trotzig und sah Charlotte herausfordernd an. „Ich kann an einer Hand abzählen, wie viele von denen da draußen wirklich trauern. Die anderen sind doch nur aus Neugierde gekommen.“

Charlotte räumte die Platte in die Vitrine und drehte sich wieder zu Luke. Erneut schimmerten Tränen in ihren Augen, als sie Halt am Küchentisch suchte und mit aller Kraft versuchte, das Beben in ihrem Körper zu unterdrücken. „Ich kann nicht glauben, dass du das wirklich denkst! Deine Mom war eine großartige Person. Sie wurde so sehr geliebt ... und ihr Tod hinterlässt bei uns allen eine große Lücke.“

„Glaub mir, ich kenne diese Art Menschen. Mir sind in den letzten drei Jahren genug ‚Freunde‘ untergekommen!“, entgegnete Luke mit einem zynischen Lächeln. „Spätestens nach der zweiten

Runde Auflauf haben sie vergessen, warum sie hier sind."

Wie um sich selbst zu beweisen, dass seine letzten Worte richtig waren, verließ Luke die Küche – genau in dem Moment, als sich sein Magen mit einem leisen Grummeln bemerkbar machte. Vielleicht sollte er langsam doch etwas essen. Er hatte seit dem Frühstück – bis auf den halben Cracker – nichts mehr zu sich genommen.

Als er das Wohnzimmer betrat, nahm ihm die abgestandene Luft jedoch den Atem. Der süßliche Duft von Rosen vermischte sich mit Schweiß und geschmolzenem Käse. Unbewusst hielt Luke die Luft an, als er zu dem Buffet lief, das vor dem Wohnzimmerschrank aufgebaut worden war. Angewidert verzog er das Gesicht. Das Essen wirkte, als wäre eine Meute wilder Tiere darüber hergefallen, und nach einem Blick auf den fettigen Hackbraten war ihm der Appetit trotz Hunger eindeutig vergangen.

Schnell wandte er sich ab – er musste unbedingt an die frische Luft. Doch bevor er auch nur einen Schritt in Richtung Haustür unternehmen konnte, wurde er aufgehalten.

„Luke? Ach du meine Güte, wie lange haben wir uns nicht mehr gesehen?"

Eine hagere Frau mit perfekt frisierter Dauerwelle und offensichtlich aufgespritzten Lippen schaute ihn fragend an, dabei lächelte sie. Für einen Moment war Luke irritiert, weil er die Frau nirgends einordnen konnte.

Sie musste seinen irritierten Blick richtig gedeutet haben, denn schon fragte sie pikiert: „Sag bloß, du erkennst mich nicht mehr. Ich bin's, Carol, Timmys Mom. Ihr wart zusammen im Kindergarten."

„Ja, natürlich", antwortete Luke abwesend und zuckte automatisch zusammen, als Carol ihn herzlich an sich drückte.

Nur fern erinnerte er sich an Timmy, den kleinen Tyrannen, den er seit ihrer ersten Begegnung gefressen hatte. Kein Wunder, schließlich hatte es sich dieser während ihrer Zeit in der Junior High zum Ziel gesetzt, einen Keil zwischen Luke und seinen besten Freund Scott zu treiben. Und nicht nur das, Timmy hatte auch außerordentliche Freude daran gehabt, Schwächere zu quälen. Irgendwann war die Familie weggezogen und es war Ruhe eingekehrt.

Endlich ließ Carol ihn wieder los, die schon weiterredete. „Mmh, köstlich, dieser Auflauf. Hat deine Schwester ihn zubereitet? Josie, stimmt's?"

Carol schob sich eine volle Gabel des Kartoffel-Käse-Butter-Gemischs in den rot bemalten Mund. Ohne Lukes Antwort abzuwarten, setzte sie ihre Befragung fort. „Wann kommt denn dein nächstes Album raus? Ich kann's immer noch nicht glauben, dass aus unserem kleinen Luke so eine Berühmtheit geworden ist! Würdest du mir später noch diese CD signieren?" Sie stellte den Teller auf einem der kleinen Tische ab, die für die Gesellschaft aufgebaut worden waren, und kramte eine Ausgabe seines letzten Albums aus ihrer Handtasche.

In Luke brodelte es gewaltig. Er konnte kaum glauben, wie pietätlos und dreist diese Frau war. Am liebsten hätte er Timmys Mom samt Teller nach draußen befördert. Stattdessen atmete er tief durch und zwang sich zur Ruhe. Er wollte auf der Beerdigungsfeier seiner Mutter nicht für Unruhe sorgen.

Sein Blick fiel, als er sich kurz in dem großen Raum umschaute, automatisch auf Josie, die wie ein Häufchen Elend auf dem Sofa saß, während Charlotte ihr Gesellschaft leistete. Seinen Dad konnte er nirgends entdecken.

Als er mit einem besorgten „Luke?" aus den Gedanken gerissen wurde, wandte er sich mit einem aufgesetzten Lächeln wieder an Carol. „Tut mir leid, aber heute nicht. Das verstehen Sie doch sicher?"

Für einen kurzen Moment rechnete er mit Protest, dann registrierte er voller Genugtuung die Enttäuschung in ihrem Gesicht. Widerwillig ließ sie die CD wieder verschwinden.

„Ach und, Carol? Denken Sie nicht mal im Traum daran, heimlich ein Foto von mir zu schießen", setzte er sicherheitshalber nach. Mit diesen Worten verschwand Luke in der Diele, schnappte sich seinen Stetson und trat hinaus ins Freie. Es war ihm egal, ob die Gute ihn jetzt für arrogant oder unverschämt hielt. Sie gehörte eindeutig nicht zu den Freundinnen seiner Mutter, so viel war klar, auch wenn er einige Zeit von zu Hause fortgewesen war.

***

Völlig erledigt zog sich Charlotte abends das schwarze Kleid aus und warf es in den Wäschekorb, aus dem mehrere bunt bedruckte Superhelden-T-Shirts hervorlugten. *Ihr* kleiner Held schlummerte bereits seit einer halben Stunde selig in seinem Bett und sie hoffte, dass er nicht ausgerechnet jetzt, wenn sie kurz unter der Dusche verschwand, wach werden würde. Aber so wie es aussah, war ihr Engel nach dem aufregenden Tag mit Abigail völlig erledigt. Und ihre beste Freundin war es mit Sicherheit auch.

Leise stieg Charlotte in die Dusche und versuchte, so wenig Lärm wie möglich zu machen, während sie die Brause aufdrehte. Für einen kurzen Moment schloss sie die Augen, als das warme Wasser über ihr Gesicht prasselte. Sie wollte sich endlich die Tränen aus dem Gesicht waschen und sich ausruhen. Sie hatte schon seit Tagen zu wenig geschlafen und konnte sich seit dem Morgen kaum noch auf den Beinen halten. Während der Trauerfeier hatte sie befürchtet, jeden Moment zusammenzubrechen.

Luke war sie nach der Begegnung in der Küche den ganzen Nachmittag, soweit es ging, aus dem Weg gegangen. Der Schmerz und die ungesagten Worte von damals saßen noch immer zu tief. Es fiel ihr schwer, sich vorzustellen, dass sie einst unzertrennlich gewesen waren.

Charlotte griff nach dem Duschgel und verteilte es auf ihrem Körper. Sie liebte den fruchtig-frischen Duft von Limonen, den es verströmte, und das belebende Gefühl auf ihrer Haut. Mit ruhigen Atemzügen sog sie das Aroma ein, bevor sie sich wenige Augenblicke später wieder abduschte und aus der Kabine stieg. Rasch trocknete sie sich ab und schlüpfte anschließend in ein Nachthemd. Doch obwohl sie wusste, dass sie lieber schlafen gehen sollte, kam sie einfach nicht zur Ruhe. Die Vergangenheit hatte sie nun doch eingeholt und hielt sie auf den Beinen.

Leise schlich sie in die Küche, füllte den Wasserkocher, um sich einen Tee zu machen, und klappte den Laptop auf. Bis jetzt hatte sie der Versuchung widerstanden, nach ihrem Ex zu googeln. In einer Kleinstadt wie Gainesville kam man auch ohne das Internet an genug Informationen – ob man wollte oder nicht. Hin und wieder hatte sogar Becky etwas erwähnt.

Mit angehaltenem Atem drückte Charlotte die Entertaste, nachdem sie „Luke Walker“ in das Suchfeld eingetippt hatte, und fiel beinahe vom Stuhl, als die Suchmaschine über fünf Millionen Ergebnisse ausspuckte. Ganz oben wurde Lukes Homepage angezeigt, mit einer Auflistung seiner nächsten Konzerte, danach erschienen ein Eintrag auf Wikipedia und mehrere YouTube-Videos.

Charlotte blieb an einem der Fotos hängen, die ihr unter dem Reiter „Bilder“ angezeigt wurden und das Luke mit jeder Menge weiblicher Fans in Nashville zeigte. Es war unschwer zu erkennen, dass er die Aufmerksamkeit der jungen Frauen genoss. Sie verspürte einen Stich im Herzen. Wie viele Frauen hatte er nach ihr wohl gehabt?

Es folgten einige Fotos, auf denen Luke – ganz in Cowboymanier – mit einem Pferd posierte. Kurz fragte sie sich, ob ihr Ex überhaupt reiten konnte. Soweit sie sich erinnerte, hatten die Walkers nie Pferde gehalten.

Auf dem nächsten Bild saß er lässig auf einem weißen Lattenzaun und blickte verträumt in die Ferne. Zuletzt folgten etliche Fotos, die ihn auf der Bühne zeigten. Sie konnte sich so ein Künstlerleben nicht vorstellen. *Ihr* Alltag drehte sich ausschließlich um ihren Sohn Cody und wie sie die Doppelschichten im Diner in ihrem Terminkalender unterbrachte.

Charlotte kehrte zurück zu den allgemeinen Suchergebnissen, scrollte weiter – mittlerweile fühlte sie sich wie ein Stalker – und blieb bei einem Zeitungsartikel mit der Schlagzeile „Die Luft ist raus – Karriereaus?“ hängen.

Der Wasserkocher schaltete sich mit einem Klicken aus, gerade als sie auf den Link drücken wollte, und Charlotte erhob sich nur widerwillig, um den Tee aufzugießen. Warum juckte es sie plötzlich so sehr in den Fingern, mehr über Lukes Leben zu erfahren? Sie konnte es sich nicht erklären, aber aufhören konnte sie ebenso wenig.

Mit der Tasse kehrte sie zum Tresen zurück und klickte endlich den Beitrag an. Unwillkürlich musste sie auflachen, denn das Foto, das neben dem Artikel aufleuchtete, hätte nicht treffender sein können. Luke wirkte verkatert, blass und seine Klamotten zerknittert. Wie zur Bestätigung ihrer Vermutung ploppte auf einmal eine Werbeanzeige von *Bud Light* auf. Charlotte konnte sich nicht helfen, als sie plötzlich einen Lachanfall bekam. Das Timing der Werbeeinblendung war wieder einmal perfekt.

Schnell stellte sie die Tasse ab und wischte sich die Tränen aus den Augen. Sie fragte sich, wie Luke wohl mit solcher Publicity umging. Aus einer Mücke und dem passenden Foto wurde nur zu gern ein Elefant gemacht.

Charlotte überflog den Artikel. So wie es aussah, gönnte sich Luke lediglich eine kleine Schaffenspause. Und hatte nicht auch Becky vor Kurzem erwähnt, dass er sich gerade in Lancaster, seinem neuen Zuhause, aufhielt?

Bei dem Gedanken an ihre verstorbene Freundin kamen ihr erneut die Tränen. Sie vermisste nicht nur ihre einzige Vertraute schmerzlich, sondern auch deren einzigartigen Humor. Lukes Mom hätte bei diesem Beitrag mit Sicherheit ebenfalls Tränen gelacht.

Charlottes Blick fiel wie von selbst auf den blütenweißen Briefumschlag, der wie ein Mahnmal auf dem Frühstückstresen lag. Durch den Schleier ihrer Tränen schimmerte das rote Wachssiegel wie Blut.

Ein seltsames Gefühl beschlich Charlotte, als sie nun an den morgigen Notartermin dachte. Sie konnte sich beim besten Willen nicht vorstellen, warum auch sie dort erscheinen sollte. Sie wollte Luke ehrlich gesagt nicht noch einmal gegenübertreten, zu groß war die Angst, dass sich plötzlich alles verändern könnte. Es war für alle Beteiligten am besten, wenn er Gainesville so schnell wie möglich wieder verließ – so wie er es schon einmal getan hatte.

2

Unbehaglich rutschte Joseph Walker auf seinem Stuhl umher und wartete darauf, dass der Notar endlich mit der Verlesung begann. Nie zuvor war er bei einer Testamentseröffnung gewesen und er fühlte sich hintergangen, weil Becky zu keinem Zeitpunkt von einem möglichen Nachlass gesprochen hatte. Er war immer der Meinung gewesen, dass sie keine Geheimnisse gehabt hatten. Umso mehr war er aus allen Wolken gefallen, als kurz nach Beckys Tod ein offizielles Schreiben vom Amt ins Haus geflattert war.

Unruhig sah er sich in dem kleinen Raum um und warf seiner Tochter einen leidvollen Blick zu. Es war so schon schwer genug, den Tod seiner Frau zu ertragen – und dieser Termin machte es nicht besser. Sein Herz zog sich bei dem Gedanken daran, dass das Haus nun ohne ihre Fürsorge sein würde, schmerzhaft zusammen.

Charlotte, die ebenfalls anwesend war, schenkte ihm ein scheues Lächeln und wirkte ebenso überfordert mit der Situation wie er selbst.

Nach einem kurzen Blick auf die Uhr stellte Joseph erleichtert fest, dass es zehn war – Zeit, dass sie diese Angelegenheit endlich hinter sich brachten, schließlich wartete daheim noch genug Arbeit auf ihn. Es gab ohnehin nicht viel zu vererben, denn Becky war eine praktische Frau gewesen, die keinen Wert auf teuren Schmuck oder sonstigen Firlefanz gelegt hatte.

Das Knarzen der Tür ließ ihn herumfahren und schlagartig verhärtete sich seine Miene, als er Luke im

Türrahmen entdeckte. Wie immer war er erst in letzter Sekunde aufgetaucht. Missbilligend schüttelte er den Kopf und drehte sich dann wieder nach vorne, als sich Daniel, sein langjähriger Freund und Notar von Gainesville, räusperte. Der ältere Herr mit Vollbart wirkte in seinem dunkelgrauen Anzug äußerst souverän und vertrauensvoll. Joseph und er kannten sich bereits von Kindheitstagen an, da sie früher einmal Nachbarn gewesen waren.

„Schön, dass ihr alle erschienen seid. Ich kann mir gut vorstellen, dass es ziemlich überraschend war, als euch mein Schreiben erreicht hat." Fragend sah er in die Runde und lächelte Josie, der stumm Tränen über die Wangen rollten, aufmunternd zu. „Das hier ist keine gewöhnliche Testamentseröffnung, es ist vielmehr eine Herzensangelegenheit. Ein Wunsch eurer Mom, der sich noch nicht erfüllt hat."

Mit einem zuversichtlichen Lächeln auf den Lippen öffnete Daniel die Schublade seines mächtigen Sekretärs, holte ein mit Zitronen bedrucktes Büchlein hervor und legte es gut sichtbar auf den Schreibtisch. Schlagartig setzte sich Joseph auf, als er Beckys Rezeptbuch sah. Seine Verwunderung stand ihm förmlich ins Gesicht geschrieben und er hörte Josie leise nach Luft schnappen.

„Wie ich sehe, kennt ihr dieses Buch", stellte Daniel fest und zog einen Briefumschlag daraus hervor. „Dann lasst uns anfangen."

Meine Lieben,
während ich diese Zeilen schreibe, überfällt mich gleichzeitig Erleichterung, aber auch tiefe Traurigkeit.

Erleichterung, weil ich meinen Plan doch noch abschließen konnte, und Traurigkeit, weil ich nicht mehr daran teilhaben kann. Ich habe mich in letzter Zeit oft an unsere unzähligen Familienfeiern erinnert, als wir alle noch eine richtige Familie und unbeschwert waren. Als wir noch gemeinsam gegessen und gelacht haben. Wie sehr ich diese Zeit vermisse! Es bricht mir das Herz, dass ich nichts mehr tun konnte, um daran etwas zu ändern.
Joseph, Luke, verzeiht mir, dass ich es jetzt auf diese Art versuche, aber es ist mein letzter Wunsch, dass ihr euch endlich versöhnt. Ich liebe euch so sehr, doch dieser Streit dauert bereits viel zu lange an und hat einen Keil in unsere Familie getrieben, der mir in der Seele wehtut.
Liebe Charlotte, ich danke dir für die letzten Monate. Sie haben mir unendlich viel bedeutet. Die Zeit mit dir und Cody hat mir wieder Hoffnung gegeben und mich die Schmerzen vergessen lassen. Bitte richte meinem kleinen Sonnenschein aus, dass ich ihn immer in meinem Herzen tragen werde.
Josie, meine Kleine. Ich bin mir sicher, dass du dich gut um deinen Dad kümmern wirst. Du hast es schon immer geschafft, den alten Brummbären aus der Reserve zu locken. Ich möchte dir gerne den Ring meiner Mutter geben – du findest ihn in meiner Nachttischschublade. Außerdem sollst du mein Kochbuch bekommen. Es würde mich sehr freuen, wenn du die Familientraditionen und Rezepte fortführst.
Josie und Charlotte, ich wünsche euch in den nächsten Wochen starke Nerven. Ihr wisst selbst, wie stur die beiden sein können. Und damit komme ich zu meinem letzten Wunsch.

Ich möchte, dass ihr fünf Termine findet, euch an einen Tisch setzt und gemeinsam esst. Keine Sorge, ihr müsst nicht kochen, ich habe bereits vorgesorgt. Im Gefrierfach und der Vorratskammer findet ihr alles, was ihr braucht. Vielleicht habt ihr auch Lust auf ein Barbecue oder geht in dieses neue Restaurant an der Mainstreet? Im Keller findet sich außerdem das ein oder andere Glas Erdbeermarmelade oder Apfelkompott. Es wäre schade, wenn es verkommen würde.
Joseph, ich würde dich bitten, die Gerichte am Vorabend herauszuholen, aufzutauen und, falls nötig, eine Beilage zu besorgen. Ich weiß, dass du kein besonders begabter Koch bist, aber ich bin mir sicher, mein Schatz, dass du ein paar einfache Beilagen hinbekommen wirst. Bitte sei mir nicht böse, dass ich diesen Weg gewählt habe, aber du weißt am besten, wie viel mir daran liegt. Ich liebe dich so sehr, Joseph!
Luke, mein Junge. Ich hoffe, dass du einige Tage bleiben oder es einrichten kannst, am Wochenende zum Essen zu kommen. Ich weiß, du hast dir ein Leben in Lancaster aufgebaut und Verpflichtungen, aber bitte gib dir einen Ruck. Mach dir keine Vorwürfe, dass wir uns nicht noch einmal gesehen haben. Dafür habe ich unsere Telefonate umso mehr genossen – besonders das letzte, als du mich „mit auf die Bühne" genommen hast! Ich bin so stolz auf dich.
Es wäre schön, wenn ihr mir diesen letzten Gefallen erweisen könntet. Ich wünsche euch gutes Gelingen.
In Liebe
Mom

Verloren starrte Joseph auf das Kochbuch, dabei wirkte er, als wäre er in den letzten Minuten um Jahre gealtert. Nie im Leben hätte er damit gerechnet, dass Becky ihnen so einen Brief hinterlassen würde.

„Ich finde Moms Idee toll!“ Josie war die Erste, die das Schweigen brach und sich erwartungsvoll zu ihrem Dad drehte. Ihre Augen waren noch immer leicht gerötet, aber er konnte die Entschlossenheit in ihnen sehen. Diese Stärke hatte sie eindeutig von Becky. Doch Joseph zeigte keine Reaktion, sondern starrte sie lediglich an.

„Dad, ist alles in Ordnung?“, fragte sie mit sanfter Stimme, während sie ihn vorsichtig am Arm berührte.

Irritiert schaute er auf. Nur mit Mühe kamen die Worte aus ihm heraus. „Was hat sich eure Mom nur dabei gedacht? Sie weiß doch, dass ich ihr keinen Wunsch abschlagen kann ... Aber musste sie das hinter meinem Rücken organisieren? Wir hatten nie Geheimnisse voreinander.“

Auch Luke, der ebenso wenig begeistert wirkte, meldete sich zu Wort. „Ich weiß nicht, was das bringen soll, außer dass wir uns alle quälen.“ Verstohlen sah er zu Charlotte hinüber, der Tränen über die Wangen liefen, und fuhr dann murmelnd fort: „Es bringt doch nichts, nach all den Jahren alte Kamellen aufzuwärmen.“

Joseph blickte seinen Sohn nachdenklich an, erwiderte aber nichts. Dann wandte er sich wütend an Daniel. „Und du hast die ganze Zeit davon gewusst?“

Lächelnd griff dieser nach dem Kochbuch und kam gemächlich um den Tisch herum, bevor er neben Joseph Platz nahm. „Was in dem Brief stand, wusste ich nicht, aber als Becky mir das Buch mit dem Umschlag gab, war mir klar, dass es um etwas sehr Wichtiges gehen muss. Sie wirkte, als würde eine große Last von ihr abfallen, und zum ersten Mal seit Monaten strahlte sie wieder Zuversicht aus."

Joseph nahm zögerlich das Buch entgegen und strich vorsichtig mit der Hand darüber, als handelte es sich um einen kostbaren Schatz. Er hatte sich bis jetzt zusammengerissen, doch allmählich bröckelte die Fassade. Schmerzerfüllt drückte er es an sich, während seine Augen sich mit Tränen füllten. Er hatte das Gefühl, als sei ein Teil seines Herzens mit ihr gestorben. Für seine große Liebe würde Joseph alles tun. Er konnte jedoch nicht versprechen, ob es ihm gelang, seine Wut auf Luke zu unterdrücken, um ihr ihren letzten Wunsch zu erfüllen – und diese Tatsache schmerzte ihn am allermeisten.

***

Als Luke einige Stunden nach der Verlesung des Testaments aus seinem Truck stieg, war er froh, Scotts Einladung doch noch gefolgt zu sein. Etwas Ablenkung würde ihm sicher guttun. Außerdem hatte er diesen alten Diner, in dem sie sich gleich treffen würden, schon immer gemocht. Er lag etwas außerhalb der Stadt und man begegnete stets bekannten Gesichtern. Drei Jahre war er nicht mehr hier gewesen und Erinnerungen an unbeschwerte Highschoolzeiten oder erste Dates stürmten auf ihn ein.

Es war beinahe, als wäre er nie weg gewesen, denn auch an diesem Abend traf er auf dem Parkplatz ehemalige Schulkameraden und sogar einige Bekannte aus dem benachbarten Cedar Point, die sich auf das Wochenende einstimmten.

Als Luke die Tür zum Diner aufstieß, war der Geräuschpegel bereits überraschend hoch, obwohl es erst gegen neun war. Erwartungsgemäß würde der Laden schon in ein, zwei Stunden zum Bersten voll sein. Obwohl Gainesville ziemlich ländlich lag, musste Luke zugeben, dass man hier an einem Samstagabend durchaus einiges unternehmen konnte. Und nach diesem Vormittag, der ihn emotional sehr aufgewühlt hatte, musste er einfach auf andere Gedanken kommen.

Natürlich würde er dem letzten Wunsch seiner Mutter nachkommen – sein schlechtes Gewissen lastete schon genug auf ihm –, die Frage war nur, wie das alles ablaufen sollte. In einer Art Speed-Dating, damit sie es schnell hinter sich hatten, oder nur an den Wochenenden?

Die Einzige, die sich zu freuen schien, war Josie. Deshalb hatte seine Schwester auch keine Sekunde gezögert, schon für diesen Sonntag das erste Essen anzusetzen. Na ja, je schneller sie es hinter sich brachten, desto besser. So war er zwar gezwungen, das ganze Wochenende in Gainesville zu verbringen, aber die gemeinsame Zeit mit seinem besten Kumpel Scott machte die Sache wieder wett.

Mit einem breiten Lächeln steuerte Luke auf einen schlaksigen Kerl mit Cowboyhut zu, der am Tresen saß und gerade hemmungslos mit einer der Kellnerinnen flirtete. Schmunzelnd schüttelte Luke den Kopf und bemerkte trocken: „Ich störe ja nur ungern, aber heute musst du mit mir vorliebnehmen."

Schnell drehte sich Scott um und die Überraschung auf seinem Gesicht verwandelte sich schlagartig in Freude. „Luke! Toll, dass du doch noch gekommen bist. Ich dachte schon, du hättest es dir anders überlegt!"

Luke nahm auf dem freien Barhocker neben ihm Platz und erwiderte mit einem Augenzwinkern: „Wie könnte ich dich versetzen? Ich weiß doch, wie nachtragend du bist."

Scott schnitt eine Grimasse und griff nach seinem Bier.

„Und danke noch mal, dass ich das Wochenende bei dir pennen kann."

„Ist doch klar. Es ist ja nicht so, dass du besonders viel Auswahl hättest", foppte ihn Scott und stieß ihm mit dem Ellbogen in die Seite. „Aber so habe ich dich endlich mal wieder für mich. Ich sehe doch, wie sich hier alle den Kopf nach dir verrenken." Mit einem amüsierten Grinsen ließ Scott seinen Blick durch den Diner schweifen.

„Glaub mir, an manchen Tagen wäre es mir lieber, unbekannt zu sein. Ich kann nicht mal einen saufen gehen, ohne dass sie mich gleich für einen Alkoholiker halten", brummte Luke beleidigt.

Geräuschvoll prustete Scott aus, denn er schien ganz genau zu wissen, dass Luke auf seinen letzten „Skandal" anspielte.

„Ach, halb so wild. Ich zumindest habe mich köstlich amüsiert. Außerdem bin ich viel Schlimmeres von dir gewohnt ... Deinen Hangover nach dem Abschlussball zum Beispiel. Das wär mal 'ne Story!"

„O Gott, erinnere mich bloß nicht daran! Mir wird immer noch schlecht, wenn ich Gin Tonic nur ansehe."

Angewidert verzog Luke das Gesicht, als er sich an ihre erste gemeinsame Sauftour und an den vollgekotzten Truck seines Vaters erinnerte.

„Dann gibt es heute wohl keinen Gin Tonic", bemerkte Scott mit einem belustigten Grinsen.

„Besser nicht", antworte Luke und bestellte sich daraufhin eine große Cola.

Plötzlich erstarrte er. Kurz glaubte er, einer Fata Morgana zu erliegen. Charlotte spukte ihm schon seit dem Vormittag im Kopf herum – und rein zufällig kam seine Ex genau jetzt mit einem voll beladenen Tablett mit Burgern und Krautsalat aus der Küche.

„Scheiße ... Sag bloß nicht, dass Charlotte hier arbeitet." Ungläubig packte er Scott am Arm und sah ihn fassungslos an. „Hättest du mich nicht vorwarnen können?"

Scott hob entschuldigend die Arme. „Hey, Kumpel, keine Ahnung. Ich wusste nur, dass sie morgens hier serviert. Dass sie auch abends auftischt, ist mir neu. Normalerweise ist sie um diese Zeit bei Cody."

Schon wieder dieser Name. Erst jetzt fiel ihm ein, dass er seine Schwester nach dem Notartermin auf diesen Namen hatte ansprechen wollen. Diese Person schien ja offensichtlich sehr wichtig zu sein, wenn sie sogar im Testament seiner Mutter Erwähnung fand. Nun musste eben Scott herhalten.

„Cody?", erkundigte Luke sich deshalb und zog fragend eine Augenbraue hoch.

„Ja, ihr Sohn", erwiderte Scott wie selbstverständlich und winkte Charlotte freundlich zu, die die beiden soeben entdeckt hatte. Ihrem Gesichtsausdruck nach zu urteilen, war sie ebenfalls geschockt, ihn zu sehen.

Ehe Luke sie weiter anstarren konnte, drehte sie sich schnell um und quetschte sich mit dem Tablett zwischen einer Gruppe Neuankömmlingen durch, die ihr anerkennend nachsahen.

Charlotte trug ein rosafarbenes Blusenkleid, wie es bereits die Kellnerinnen in den typischen Diner der 50er Jahre getragen hatten. Um die Hüfte hatte sie eine dunkelrote Schürze gebunden, in der ein kleiner Block und ein Stift steckten.

Mit einem Anflug von Missbilligung beobachtete Luke die Männer, wie sie Charlotte auf den Hintern starrten. Das Kleid saß perfekt und schmiegte sich an jede Rundung wie eine zweite Haut, was die Gäste, zumindest die Männer, bestimmt zu einem großzügigen Trinkgeld ermutigte.

Auch wenn er es nie öffentlich zugeben würde, hatte auch er seine Mühe damit, sie nicht mit offenem Mund anzustarren. Seine Ex war heute wie vor drei Jahren immer noch eine Wucht.

Schnell wandte Luke den Blick ab und presste angespannt die Kiefer zusammen. Er konnte sich noch gut daran erinnern, wie er mit Charlotte auf einer der gemütlichen Sitzbänke gesessen hatte – verliebt und unbesorgt. Und jetzt arbeitete sie hier und war bereits Mutter. So wie es aussah, hatte sie nach ihrer Trennung keine Zeit verloren. Vielleicht hatte sie ja den Mann gefunden, den sie immer gewollt hatte. Einer, der Verantwortung übernahm, und nicht einen Träumer, der mit seiner Gitarre quer durchs Land reiste.

„Irgendwie ist mir die Lust vergangen“, murmelte Luke frustriert. „Was dagegen, wenn wir abhauen?“

Scott drehte sich nun ganz seinem besten Freund zu. „Alles ok? Geht es um Charlotte?“, fragte er mitfühlend.

Luke überlegte für einen kurzen Moment, denn er wusste selbst nicht, warum er plötzlich wegwollte. „Mir geht einfach zu viel durch den Kopf. Außerdem ist es hier drinnen so voll, dass ich mich langsam wie eine Ölsardine fühle.“

Scott nickte verstehend und winkte dann die Bedienung heran, um zu zahlen. „Vielleicht ist es wirklich besser, wenn wir hier verschwinden. Ich sehe dir doch an, dass es dir nicht gut geht.“

Luke schenkte seinem Freund ein dankbares Lächeln. Die letzten Tage hatten unglaublich an seinen Kräften gezehrt und die Trauer um seine Mutter saß ihm tief in den Knochen.

Nachdem sie gezahlt hatten, verließen die Freunde mit knurrenden Mägen den Diner. Luke hielt sich verlegen den Bauch und Scott grinste leicht, während sie zu ihren Wagen liefen.

„Von mir aus können wir was beim Drive-in holen.“ Scott schlüpfte in seine Jeansjacke und sah abwartend zu Luke.

„Gute Idee. Tut mir echt leid wegen eben, aber ich hätte es keine Minute länger da drinnen ausgehalten“, erwiderte Luke entschuldigend, während er den Autoschlüssel aus seiner Lederjacke zog.

Nur widerwillig hatte er beim Hinausgehen einige Autogramme gegeben und für Selfies posiert. Normalerweise genoss er die Aufmerksamkeit und liebte den Kontakt zu seinen Fans, doch heute war er dazu einfach nicht in der Stimmung, weshalb er froh war, dass man ihn weitestgehend in Ruhe gelassen hatte. Wahrscheinlich hatte sich mittlerweile herumgesprochen, dass er nicht zum Spaß in der alten Heimat war.

Luke war in Gedanken versunken, als sie über den großen Parkplatz liefen, der nur spärlich von der Leuchtreklame des Diners erhellt wurde. Dann wusste er plötzlich, wohin er wollte.

„Ich hätte da eine Idee, wo wir garantiert in Ruhe essen können." Lukes Augen leuchteten wie die eines Fünfjährigen, dem man eine Fahrt im Feuerwehrauto versprochen hatte. „Lass uns zum Pine Lake fahren! Ich war schon seit einer Ewigkeit nicht mehr dort."

„Im Ernst?" Scott zog fragend eine Augenbraue hoch und zeigte dann mit dem Finger drohend auf seinen Freund, während er mit Belustigung in der Stimme fortfuhr: „Aber nur, wenn du mir versprichst, nicht nackt zu baden."

„Keine Sorge, Kumpel. Unsere Teenagerjahre sind längst vorbei. Außerdem haben wir erst Mai – ich will mir doch nichts abfrieren!"

„Nein, das wäre jammerschade. Besonders für die Frauenwelt!"

Sie grinsten einander an und stiegen dann zusammen in Lukes Wagen. Scotts Auto würden sie später holen.

Keine Viertelstunde später und nach einem kurzen Zwischenstopp bei Kentucky Fried Chicken schlängelte sich der alte Chevy die steinigen Straßen zum Mountain Pine Lake hinauf.

„Ich kann nicht glauben, dass deine Rostlaube immer noch fährt." Scott strich mit der rechten Hand liebevoll über das Armaturenbrett, während er mit der linken die große braune Tüte voller Fastfood hielt. Der Duft von würzigen Chickenwings und frischen Fritten hing in der Luft und das Radio dudelte leise vor sich hin.

„Hey, vorsichtig. Beleidige ja nicht Roberta, sie hat schließlich schon über fünfzig Jahre auf dem Buckel!", erwiderte Luke mit gespielter Empörung.

„War doch nur Spaß. Sie sieht besser aus denn je und die neuen Weißwandreifen sind echt heiß", fuhr Scott bewundernd fort. Luke wusste, dass die Zuneigung seines besten Freundes zu diesem Oldtimer mindestens ebenso tief reichte wie seine eigene, weshalb er Scott nur verschmitzt anlächelte.

„Ja, die haben mich auch eine Stange Geld gekostet. Aber sie sind jeden Cent wert. Ich hoffe nur, dass ich unseren kleinen Ausflug nicht bereuen werde. Der Weg hier rauf ist furchtbar!"

„Früher hat dich das nicht gekümmert, als du mit deinen Dates hierherkamst", bemerkte Scott mit einem Grinsen und wackelte dabei frech mit den Augenbrauen.

„Das ist lange her ... Und im Nachhinein muss ich zugeben, dass die Angelausflüge mit meinem Dad viel cooler waren, als irgendwelchen Mädchen zu imponieren."

Luke hatte seit einer Ewigkeit nicht mehr an die Wochenenden am Pine Lake gedacht. Umso mehr überwältigte ihn der Anblick, als er um die nächste Kurve bog und sie ihr Ziel endlich erreichten.

Sein Herz schnürte sich vor Sehnsucht zusammen, sobald er aus dem Auto stieg und wie gebannt auf die spiegelglatte Oberfläche des Sees blickte. Es war noch nicht zu dunkel, weshalb er die volle Größe und Schönheit bewundern konnte. Wann immer es die Zeit zugelassen hatte, waren sein Dad und er hier raufgefahren, um zu zelten und zu angeln. Aber das war schon eine gefühlte Ewigkeit her.

Wehmut stieg in ihm auf, als er den Grillplatz entdeckte. Wenn er die Augen schloss, konnte er die gebratenen Forellen und den Rauch des Lagerfeuers beinahe schmecken. Er sah eine jüngere, unbeschwertere Version seines Vaters vor sich, der zu jedem Abenteuer bereit gewesen war. Automatisch fragte er sich, wann Joseph Walker zu diesem engstirnigen alten Mann geworden war, der er heute war.

Becky

Zwei Monate zuvor

Wehmütig sah Becky Cody dabei zu, wie er am Boden mit seinen Spielzeugtrucks spielte. Sie konnte ihn stundenlang beobachten und es war einfach zu schön, Zeit mit ihm zu verbringen. Er war ein richtiger Sonnenschein, zuckersüß und brachte sie immer wieder zum Lachen.

Becky machte es sich auf dem großen Sitzkissen bequem, das neben der Couch lag, und half dem Kleinen beim Öffnen der Ladefläche.

„Truck", rief er nun freudig aus und sah Becky erwartungsvoll an.

Bei Codys Worten ging ihr das Herz auf. Er wusste schon so viel und wurde auch nicht müde, alles zu wiederholen. Becky nickte stolz. „Ja, ein Truck, mein Süßer. Und schau, wie viel da draufpasst!"

Aufmerksam beobachtete Cody, wie Becky einige Playmobil-Cowboys aus der Kiste nahm und diese auf die Ladefläche setzte.

„Seph", jubelte Cody und klatschte aufgeregt in die Hände, als er unter den Figuren ein grauhaariges Exemplar entdeckte.

Becky lachte amüsiert auf und musterte das Plastikmännchen genauer. „Ja, dieser Kerl ähnelt Joseph tatsächlich. Er guckt genauso mürrisch und die blaue Latzhose passt auch."

Sie schloss die Ladeklappe wieder und schob den Truck quer über den Teppich zu Cody, der voller Vorfreude die Arme ausbreitete und dann den Pick-up übernahm.

Becky lehnte sich zurück und schloss für einen kurzen Moment die Augen. Heute früh war sie wie jeden Morgen zu Charlotte und Cody gefahren, um auf den Kleinen aufzupassen, während seine Mom arbeitete. Sie konnte sich nichts Schöneres vorstellen – wenn sie Zeit mit ihrem kleinen Schatz verbrachte, war sie einfach nur glücklich. Sie dachte nicht an ihre Vergänglichkeit und die Schmerzen waren für wenige Stunden wie weggeblasen. Deshalb sog Becky jede Sekunde auf wie ein Schwamm. Doch mittlerweile musste sie immer öfter kleine Pausen einlegen, um den Tag einigermaßen zu überstehen, dabei hatte sie noch so viel zu erledigen. Sie wusste, dass ihre gemeinsame Zeit begrenzt war, und der Gedanke, den Kleinen nicht mehr aufwachsen zu sehen, machte sie unendlich traurig.

Als sie sah, wie Cody die Playmobilmänner neu arrangierte und „Joseph" hinter das Lenkrad setzte, musste sie lächeln und kehrte ihren trüben Gedanken wieder den Rücken.

Zufrieden blickte Cody zu ihr auf und stellte in festem Tonfall fest: „Seph fährt!"

Becky nickte zustimmend und erwiderte amüsiert: „Ja, genau wie im richtigen Leben auch. Und was für einen schönen Truck du da hast! Der würde Joseph bestimmt gut gefallen."

Voller Stolz hob Cody den brandneuen Jeep Cherokee in die Höhe und drehte ihn mehrmals um die eigene Achse, damit Becky ihn auch von allen Seiten begutachten konnte. Dann stellte er ihn wieder behutsam auf den Fußboden.

„Seph jetzt swindelig", bemerkte Cody und verfiel in ein übermütiges Lachen.

„O ja, das denke ich auch, mein Schatz", erwiderte Becky mit einem Schmunzeln. Es waren genau solche Momente, die für sie unbezahlbar waren.

Dann erhob sie sich langsam, um im Wohnzimmer aufzuräumen. Es war bald Mittagszeit und Charlottes Schicht im Diner zu Ende. Sie selbst hatte heute allerdings noch einiges zu tun ...

***

Als Becky eine Stunde später daheim ankam, stellte sie die Einkäufe, die sie auf dem Heimweg besorgt hatte, in den Kühlschrank. Um ein Haar hätte sie die wichtigste Zutat für heute vergessen: das Hackfleisch. Die restlichen Lebensmittel wie Zwiebeln, Konserven mit Bohnen, Mais und Tomaten hatte sie stets in der Vorratskammer.

Nach einem kleinen Snack zog sie sich schnell um, schaltete das Radio an und machte sich ans Werk: Chili con Carne mit Maisbrot – Lukes Lieblingsessen.

Routiniert schälte Becky die Zwiebeln, würfelte sie und ließ sie in einem großen Bräter dünsten. Anschließend gab sie das Hackfleisch dazu. Nach wenigen Minuten folgte der Inhalt der Dosen, bevor sie alles würzte und den Bräter auf eine kleinere Flamme stellte, damit er vor sich hin köchelte. In der Zwischenzeit wollte sie sich um das Maisbrot kümmern. Wie viele Male hatte sie dieses Brot wohl gebacken? Sie konnte nicht mehr mitzählen, denn es harmonierte beinahe zu jedem Gericht.

Nachdem der Teig verrührt war, gab Becky alles in eine Kastenform und schob diese in den Ofen, gerade in dem Moment, als ein vertrauter Song ihre ganze Aufmerksamkeit erregte.

Voller Stolz legte sie die Hand auf die Brust. War es möglich, dass der liebe Gott ihr ein Zeichen schickte? Oder war es einfach nur ein seltsamer Zufall, dass ausgerechnet jetzt einer von Lukes Songs gespielt wurde?

Becky nahm auf dem Küchenstuhl Platz und starrte das Radio an. Das wohlige Kribbeln, das sich in ihrem Körper ausbreitete, war unbeschreiblich. In diesem Moment wusste sie mit Bestimmtheit, dass ihr Plan aufgehen würde.

„Ist das Essen noch nicht fertig?" Energisch betrat Joseph die Küche, drehte das Radio leiser und warf einen ungeduldigen Blick in die Kasserolle auf dem Herd.

Schlagartig war Becky wieder in der Realität angekommen.

„Das ist Lukes Song!" Empört sprang sie auf und warf ihrem Mann einen wütenden Blick zu.

Verwirrt sah Joseph zu ihr hinüber, lauschte einen Moment und blickte Becky verständnislos an. „Ich hab einen Bärenhunger! Außerdem muss ich gleich wieder los."

Becky straffte die Schultern und erwiderte mit fester Stimme: „Dann musst du dich eben etwas gedulden, ich habe das Chili gerade erst aufgesetzt."

Joseph schüttelte den Kopf, öffnete den Brotkasten und nahm sich die restlichen Brötchen vom Frühstück heraus. „Keine Sorge, ich werde schon was finden", brummte er beleidigt.

Für einen Moment konnte Becky nicht glauben, wie unfreundlich sich Joseph heute benahm. Mit Sicherheit lief auf dem Feld mal wieder etwas nicht so, wie es sollte. Hatte er nicht am Morgen erwähnt, dass es Probleme mit dem Traktor gab? Doch sie wollte nicht danach fragen, schließlich hatte auch sie ihren Stolz. Und dieses Mal würde sie ganz sicher nicht klein beigeben.

Entschlossen stand sie auf und ging nach draußen in den Garten, um sich nicht weiter provozieren zu lassen. Sie hielt es keinen Moment länger in der Küche aus. Der magische Moment, der mit Lukes Song aufgekommen war, war mit einem Mal verpufft. Stattdessen spürte sie nur Wut auf ihren Mann.

Unruhig lief sie auf der Veranda hin und her. Obwohl sie für heute eigentlich alles erledigt hatte, fühlte sie sich rastlos. Sie musste sich mit irgendetwas ablenken, andernfalls wäre sie zurück in die Küche gestürmt, hätte das Radio bis zum Anschlag aufgedreht und Joseph gefragt, was er eigentlich für ein Problem habe. Aber dafür fehlte ihr heute die Kraft. Sie war es allmählich leid, dass sie sich ständig wegen Luke stritten.

Mit flinken Fingern tauschte sie ihre Küchenschürze mit der Gartenschürze, die immer griffbereit über der Balustrade hing. Dann lief sie zum Geräteschuppen, um ihr Werkzeug und die Pflänzchen zu holen, die Joseph gestern vom Markt mitgebracht hatte. Etwas Gartenarbeit würde sie sicher ablenken. Außerdem war es allerhöchste Zeit, sich um das Blumenbeet zu kümmern, das sie in letzter Zeit vernachlässigt hatte.

Als sie wieder aus dem Schuppen trat, hielt sie kurz inne und ließ ihren Blick über den großen Garten schweifen. Direkt vor ihr befanden sich mehrere Johannisbeersträucher und einige Rhabarberstauden. Sie liebte es, daraus Kompott oder Marmeladen zu kochen. Zu ihrer Rechten wuchsen außerdem unzählige Erdbeerbüsche und das Ende des Gartens besiedelte ein lang gezogener Himbeerstrauch, der auch als Abgrenzung zum Feld diente. Da diese Pflanzen leider etwas empfindlich und anfällig für Schädlinge waren, bekamen sie von Becky immer eine

Extraportion Zuwendung. Diese beinhaltete nicht nur einen selbstgebrauten Bio-Dünger, sondern auch ein paar nette Worte.

Vollgepackt mit ihren Utensilien lief Becky zurück zur Veranda, vor der sich das Blumenbeet befand. Rasch grub sie mehrere kleine Mulden und platzierte die Pflanzen darin. Anschließend schaufelte sie Erde ringsum die pinkfarbenen Petunien, bevor sie diese mit der flachen Hand festdrückte. Ihr war klar, dass sie die volle Blüte der meisten Blumen nicht mehr erleben würde. Aber wenn sich ihre Lieben hier zum Essen trafen, sollte das Beet wenigstens hübsch aussehen und nicht wie ein verwahrlostes Grab.

Gedankenverloren und mit einem seligen Lächeln auf den Lippen arbeitete Becky weiter, bis der Küchenwecker sie aufhorchen ließ. Hatte sie tatsächlich eine ganze Stunde im Garten gearbeitet?

Mühselig und etwas steif vom Knien erhob sie sich, ging zum Regenfass und wusch sich grob die Hände ab, ehe sie das Fliegengitter der Verandatür aufstieß. Sofort drang der köstliche Duft des Chilis in ihre Nase. Joseph dagegen war nirgends mehr zu sehen, doch nach seiner Laune vorhin war das auch besser.

Schnell schnappte sie sich einen Löffel, lüpfte den schweren Deckel des gusseisernen Topfes und kostete von der Soße. Perfekt. Jetzt musste es nur noch abkühlen.

Schlagartig beschlich Becky eine unsägliche Traurigkeit, als ihr klar wurde, dass sie nicht mehr da sein würde, wenn dieses Gericht aufgetischt wurde. Gleichzeitig war sie voller Hoffnung, dass sich ihre Lieben bei vertrautem Essen öffnen würden und das Eis endlich schmolz. Sie war nicht naiv, es waren nur Mahlzeiten. Aber sie hatte ihre Gerichte mit

Bedacht ausgewählt und hoffte, längst vergessene Gefühle mit ihnen wecken zu können. Liebe ging doch angeblich durch den Magen, oder nicht?

Ein paar Minuten später hob Becky den Topf von der heißen Platte, damit dieser vollständig abkühlen konnte. Dann ging sie zum Backofen, holte das duftende Maisbrot heraus und stellte es auf ein Kuchengitter. Die Kruste war perfekt gebräunt. Nur mit Mühe widerstand sie dem Drang, sich wie sonst auch eine Ecke davon abzuzupfen.

Schnell drehte sie sich um, damit sie nicht doch in Versuchung kam, und holte aus dem Küchenschrank mehrere Gefrierdosen und -beutel für später heraus. Ihre Arbeit hier war vorerst beendet.

3

Wie angewurzelt stand Luke vor dem Gefrierschrank in der großen Essküche seines Elternhauses und betrachtete mehrere Tupperdosen, die ordentlich gestapelt und etikettiert waren. Dosen von unschätzbarem Wert, denn er hatte schon seit einer Ewigkeit nichts Selbstgekochtes mehr gegessen.

Luke hörte Josie und Charlotte, die sich im Keller immer noch einen Überblick über die Vorräte verschafften. Von wegen ein, zwei Gläser Marmelade. Als er vorhin selbst im Keller gewesen war, hatte ihn der Anblick der bis oben hin gefüllten Regale beinahe umgehauen. Nach einer groben Schätzung war er auf über dreißig Gläser in verschiedenen Größen und Formen gekommen. Sogar vier Flaschen Johannisbeersaft hatte er noch entdeckt. Ein Panzerraum voll Goldbarren war nichts im Vergleich dazu.

„Wenn jetzt alle da sind, können wir ja anfangen", brummte Joseph missmutig in Lukes Richtung, dabei hatte der sich heute nicht einmal verspätet. Er war lediglich nach Charlotte angekommen, also als Letzter, doch das war Grund genug für seinen Vater, wieder zu sticheln.

Joseph öffnete die knarzende Vitrinentür und zog einen Stapel Suppenteller heraus, die mit einem gefährlichen Scheppern auf dem Küchentisch landeten. Dann schnappte er sich die Kasserolle, die schon griffbereit auf der Arbeitsplatte stand, und entzündete den Gasherd. Schwungvoll kippte er den Inhalt der ersten Tupperdose hinein.

„Was stehst du da rum? Mach dich nützlich und deck den Tisch“, forderte Joseph seinen Sohn harsch auf.

Nur unter Aufbringung seiner ganzen Willenskraft gelang es Luke, ruhig zu bleiben – für seine Mom. In jeder anderen Situation hätte er seinem Gegenüber einen Vogel gezeigt und wäre verschwunden. Stattdessen ging er kopfschüttelnd zum Tisch, verteilte die Teller und holte dann aus der Schublade Besteck heraus. Angespannt biss Luke die Zähne zusammen, denn die Tatsache, dass er hier und heute mit seiner Ex zu Mittag essen sollte, war schon verzwickt genug. Auf die Launen seines Vaters konnte er da getrost verzichten.

Luke hörte ein munteres Brabbeln, gefolgt von einem Zupfen an seinem Hosenbein. Auch das noch. Dennoch rang er sich ein Lächeln ab – schließlich konnte der kleine Mann mit dem Mickey-Mouse-T-Shirt am wenigsten etwas für diese Situation – und beugte sich zu ihm hinunter.

„Na, was möchtest du?“, fragte er und gab sich Mühe, nicht zu bedrohlich zu wirken.

„Durst!“ Cody zeigte mit dem Finger erwartungsvoll zu seiner Schnabeltasse, die auf dem Küchentisch stand. Ungeduldig streckte er sich danach, doch seine Ärmchen waren viel zu kurz.

„Einen Moment, das haben wir gleich“, erwiderte Luke mit einem schiefen Lächeln, griff nach der Flasche und gab sie dem Kleinen. Dann schaute er sich hilflos nach Charlotte um, Unterstützung kam allerdings von seinem Vater.

„Na, du Räuber, auch schon hungrig?" Joseph ging in die Knie und schenkte Cody ein liebevolles Lächeln. „Es gibt auch Maisbrot – aber nicht, dass du mir wieder meine Portion wegfutterst", fuhr er mit einem Schmunzeln fort und strubbelte Cody liebevoll durchs Haar. Anschließend stand Joseph wieder auf, hob den Kleinen auf seine Hüfte und zeigte ihm den Inhalt der Kasserolle, der dampfend vor sich hin köchelte. „Mmh, das riecht lecker!" Genüsslich verdrehte Joseph die Augen.

„Da, heiß!", quiekte Cody und zeigte ehrfürchtig auf den Topf.

„Ja, heiß. Deswegen halte ich dich auch fest. Ich weiß doch, wie schnell deine Fingerchen sind."

Luke wandte sich ab. Es versetzte ihm einen Stich, dass sein eigener Vater so unbefangen mit einem fremden Kind umging, mit seinem Sohn aber kaum ein Wort wechselte. Warum nur hatte er das Gefühl, dass Joseph ihn mit Absicht ignorierte? Früher hatten sie sich wenigstens noch lauthals gestritten, doch diese Missachtung war neu.

Frustriert wandte er sich ab, trat hinaus auf die Veranda und atmete hörbar aus.

„Alles klar?"

Erschrocken drehte er sich um, entspannte sich aber sofort wieder, als er Charlotte auf der Hollywoodschaukel entdeckte. Sie hatte ihre Beine lässig übereinandergeschlagen und wirkte in diesem Moment völlig gelöst. Ihr braunes, schulterlanges Haar fiel ihr locker über die Schultern und ließ ihr Gesicht sanfter erscheinen als die Tage zuvor. Ein Anblick, der ihm eindeutig lieber war als der anklagende Ausdruck seines Vaters. Dennoch hätte er gerne einen Moment für sich gehabt.

„Jep, alles bestens“, antwortete er gedehnt und fragte dann beiläufig, während er sich lässig am Geländer abstützte: „Ihr zwei kommt wohl öfter her?“

„Ja, deine Eltern und ich hatten immer noch Kontakt“, erwiderte Charlotte mit neutraler Stimme. „Außerdem waren sie von Anfang an für Cody und mich da.“

Zu gerne hätte Luke mehr erfahren, vor allem über den Erzeuger, den offensichtlich niemand kannte. Nicht einmal Scott und seine Schwester wussten etwas und seinen Dad würde er ganz bestimmt nicht fragen. Dabei interessierte es ihn brennend, von wem sich Charlotte nach ihrer Trennung so schnell hatte schwängern lassen.

Er war kurz davor, sie zu fragen, lenkte jedoch im letzten Moment ein, da seine guten Manieren ihn rechtzeitig davon abhielten.

„Und wie lange arbeitest du schon im Diner?“, wollte er stattdessen wissen und beobachte Charlotte aus dem Augenwinkel. Wieder bemerkte er, dass sie sich äußerlich kaum verändert hatte. Vor gar nicht allzu langer Zeit hätte er alles dafür gegeben, mit ihr hier auf der Veranda seiner Eltern zu stehen. Aber dann hatte sie ihr wahres Gesicht gezeigt.

„In etwa ein Jahr. Ich übernehme meist die Frühschichten“, erwiderte Charlotte geistesabwesend. Luke sah, wie ihr Blick über den schönen Garten und die pinkfarbenen Petunien schweifte, die in voller Blüte standen. In der Stille hörte man nur Codys munteres Geplapper und das Summen der Abzugshaube.

Er nickte verstehend, sparte sich aber eine Antwort. Von der Jahrgangsbesten zur Kellnerin. Da hatte sich ihr Studium an der renommierten *Wharton Business School* – einer Elite-Uni in Philadelphia – ja mächtig ausgezahlt.

Unbehaglich sah auch er sich jetzt um, denn er hätte diesem Eiertanz am liebsten ein Ende bereitet. Was interessierte es ihn, welche Schichten seine Ex im Diner übernahm? Nach drei langen Jahren der Trennung wollte er eigentlich nur wissen, warum sie nie an ihn und seine Träume geglaubt hatte.

„Du und dein Dad habt euch noch nicht ausgesprochen, oder?", fragte Charlotte unvermittelt, ehe es an der Zeit war, hineinzugehen, und blickte ihn dabei direkt an.

„Ich weiß nicht, was das bringen soll", entgegnete Luke gereizt und starrte auf den Boden. „In den letzten drei Jahren hat er sich schließlich auch nicht für mein Leben interessiert, was soll Moms Tod daran ändern?" Müde fuhr er sich über das Gesicht, bevor sein Blick zum Maisfeld und der großen Scheune hinter dem Haus wanderte. „Er wird nie verstehen, dass es mehr gibt als das hier."

Charlotte verzog mitfühlend das Gesicht und sie schwiegen ein paar kurze Augenblicke. Dann sagte sie mit sanfter Stimme: „Lass uns reingehen. Ich glaube, das Essen ist so weit."

Luke stieß sich nur widerwillig vom Geländer ab und folgte ihr nach drinnen. Es fühlte sich an, als stünde ihm eine Henkersmahlzeit bevor.

Als sich alle hingesetzt und aufgetischt hatten, war die Stimmung in dem Raum noch bedrückender als beim Leichenschmaus und das Maisbrot seiner Mom schmeckte wie ein Klumpen Teig. Ganz offensichtlich hatte sein Dad es nicht noch einmal aufgebacken, nachdem er es aus dem Froster geholt hatte.

Frustriert legte Luke das matschige Etwas zurück auf den Teller und spülte den seifigen Geschmack mit Wasser runter. Dabei hatte er sich so darauf gefreut.

Missmutig griff er nach dem Löffel und kostete vom Chili. Durch das Einfrieren hatte das Chili zwar etwas von seiner Schärfe eingebüßt, aber der vollmundige Geschmack der Soße war immer noch wie früher. Sie wärmte ihn von innen und nährte seine Seele. Nie hätte er gedacht, dass er wegen ein paar Bohnen so sentimental werden würde, aber die vertrauten Aromen weckten Erinnerungen.

Leider war die Kasserolle schon bald leer und das letzte Chili seiner Mutter Geschichte. Der Kloß in seinem Hals schnürte ihm die Kehle zu.

Unauffällig schaute Luke in die Runde. Es war wirklich eine Henkersmahlzeit, denn bis auf den kleinen Cody, der ab und zu etwas kommentierte, und Josie, die mehrmals in ein Taschentuch schniefte, war es mucksmäuschenstill.

Sein Blick blieb bei seiner Schwester hängen. Ihre Wangen schimmerten feucht von den stummen Tränen und ihr innerer Aufruhr war nicht zu übersehen. Luke musste schlucken, denn es graute ihm schon jetzt vor den anderen vier Essen. Was sollte das alles bringen außer Schmerz?

Sein alter Herr dagegen schien hungrig wie immer. Nachdem Joseph sein Chili ausgelöffelt hatte, nahm er das Brot zur Hilfe, um die letzten Spuren Soße im Teller aufzusaugen. Kurz darauf sprang er ruckartig auf und verließ wortlos die Küche. Luke schüttelte ungläubig den Kopf. Die Erkenntnis, dass sich manche Dinge wohl nie änderten, machte ihn einfach nur sprachlos.

„Ich vermisse Mom so schrecklich!", brach es dann plötzlich aus Josie heraus, nachdem sie ein paar Sekunden stillschweigend am Tisch gesessen hatten. „Es wird nie wieder so sein wie früher."

Seine kleine Schwester preschte mit dem Stuhl nach hinten, schnappte sich das Kochbuch ihrer Mutter und stürmte die Treppen nach oben.

Unfähig, etwas zu sagen, sah Luke ihr schmerzerfüllt nach, während er gegen seine eigenen Tränen ankämpfte. Es tat ihm in der Seele weh, sie so aufgelöst zu sehen. Im Moment hatte selbst er die Hoffnung aufgegeben, dass sich noch irgendetwas zum Guten wenden würde.

Cody, der bis eben mit seinem Maisbrot beschäftigt gewesen war, sah sich nun suchend um und entdeckte Joseph schließlich hinter dem Fenster auf der Veranda. „Seph spielen!"

„Ja, mein Schatz, geh nur." Charlotte stand ebenfalls auf, half ihrem Sohn, den Stuhl nach hinten zu schieben, damit er aufstehen konnte, und räumte anschließend die Teller ab. Dann sammelten sie gemeinsam die gebrauchten Servietten und Gläser ein – es war klar, dass die „Party" vorbei war.

„Das war ein voller Erfolg, würde ich sagen. Martha Stewart wäre stolz auf uns", murmelte Luke, als er sich daraufhin die Kasserolle schnappte und neben die Spüle stellte.

„Na wenigstens hast *du* deinen Humor nicht verloren“, erwiderte Charlotte trocken. „Mir ist im Moment nicht nach Lachen zumute – das Essen war ein Desaster!“

Luke brummte zustimmend. Er konnte selbst kaum glauben, wie dieses erste Treffen abgelaufen war. Ehrlich gesagt hatte er trotz der Differenzen gehofft, dass sie sich an seine Mutter erinnern und Anekdoten austauschen würden, Geschichten, die die Trauer etwas erträglicher machten.

Gedankenverloren griff er nach dem Scheuerschwamm. Vielleicht konnte er seinem Ärger etwas Luft machen, indem er den alten, gusseisernen Topf bearbeitete, denn sein alter Herr hatte sich gerade noch rechtzeitig aus der Affäre gezogen. Wie gerne hätte er ihm die ganze Schuld an dem missratenen Familienessen gegeben.

„Mit dem Schwamm wirst du nicht weit kommen, da hilft nur noch einweichen“, bemerkte Charlotte, nachdem sie Lukes Bemühungen einige Zeit beobachtet hatte.

„Gute Idee. Nachher bin ich noch schuld, wenn was kaputt ist. Schau dir das an, es ist alles schwarz.“ Luke schnaufte laut, ließ aber dennoch nicht vom Topf ab. Ungläubig schüttelte er den Kopf. „Wie wär's, wenn der *Koch* sich darum kümmert? Er scheint ja ein Talent dafür zu haben, das Essen anbrennen zu lassen!“

Er unternahm einen allerletzten Versuch, die schwarzen Flecken aus der Emaille zu scheuern.

„Gewalt hat noch niemandem geholfen. Gib lieber mir den Topf, der kann auch nichts für deine schlechte

Laune", erwiderte Charlotte bestimmt und nahm ihm das Gefäß aus der Hand.

Frustriert schleuderte Luke den Schwamm in die Spüle und lief unruhig im Zimmer auf und ab. Dann warf er einen schnellen Blick aus dem Fenster. Seinen Dad und Cody konnte er nirgends entdecken, also machte er seinem Ärger weiter Luft. „Hast du nicht mitgekriegt, wie er mich schon wieder rumkommandiert hat?", zischte er.

„Wie wär's, wenn ich mit Cody einfach verschwinde und ihr zwei euch endlich aussprecht?", schlug Charlotte mit ruhiger Stimme vor, während sie heißes Wasser und Spülmittel in den Topf hineinlaufen ließ.

„Damit ich mir noch mehr Vorwürfe anhören kann? Nein danke!"

Als hätte man sie gerufen, öffnete sich mit einem Quietschen die Fliegengittertür und Joseph kam mit Cody in die Küche. Das Gesicht seines Vaters war rot angelaufen und seine Stimme zitterte, als er näher kam.

„Zügle deine Zunge, Sohn! Ich bin weder senil noch taub und erst recht lasse ich mich nicht in meinen eigenen vier Wänden beleidigen!"

Luke lachte zynisch auf. „Du warst die ganze Zeit auf der Veranda und hast gelauscht?"

„Von Lauschen kann keine Rede sein. Man hat dich bis nach draußen gehört!" Josephs Stimme überschlug sich beinahe vor Zorn, als er nun mit dem Finger anklagend auf seinen Sohn zeigte.

Schweigend starrten sie sich an, bevor Luke sich zur Tür wandte und resigniert antwortete: „Ich denke, es ist besser, wenn ich jetzt gehe. Hat ja doch keinen Sinn."

„Ja, geh nur, das kannst du ja am besten!"

Mitten in der Bewegung hielt er inne und Schmerz zeichnete sich auf seinem Gesicht ab. Als sein Blick auf Cody fiel, schluckte er seine Antwort jedoch schnell runter – sie schmeckte wie bittere Galle.

***

Am Sonntagnachmittag hatte Luke Gainesville schließlich mit gemischten Gefühlen wieder verlassen. Nachdem er sein Gepäck bei Scott abgeholt und sich vergewissert hatte, dass sein Dad außer Haus war, war er noch kurz bei Josie vorbeigefahren, um sich zu verabschieden. Ihr Gefühlsausbruch am Tisch hatte ihn getroffen, denn er wusste ganz genau, wie einsam sie war. Da sie immer noch zu Hause wohnte, musste die Situation für sie besonders schwer sein, weil sie immerzu an den Verlust erinnert wurde.

Beim Anblick ihres Zimmers war ihm wieder bewusst geworden, dass seine Schwester trotz allem noch ein Teenager war. An den Wänden hatten Poster von Taylor Swift und Brad Paisley, stimmungsvolle Lichterketten und Polaroids gehangen, die Josie mit ihren Freundinnen zeigten. Auf dem Bett hatte die Patchworkdecke gelegen, die seine Mom vor vielen Jahren genäht hatte, und die kleinen Zierkissen darauf hatten wie aus einem Puppenhaus oder einer Ausgabe der *Country Home* gewirkt.

Seine Schwester war immer das Küken gewesen – sorglos und geliebt. Sie jetzt so verloren zu erleben, ließ sein Herz schwer werden. Einzig sein Versprechen, dass er schon nächstes Wochenende zu einem weiteren

Essen käme, hatte sie etwas aufgemuntert, als er gegangen war.

Nach knapp zwei Stunden erreichte Luke Lancaster – sein neues Zuhause und im Vergleich zu Gainesville eine Großstadt. Hier gab es eine große Shoppingmall, mehrere Tankstellen, alle bekannten Fastfood-Restaurants und seit Kurzem auch ein topmodernes Kino. Die Stadt zog viele Leute aus den umliegenden Gegenden an und das kam ihm nur zugute, schließlich konnte sich Luke seit geraumer Zeit selbst zu den erfolgreichen Geschäftsleuten zählen. Er hatte sich mit seinem Countryclub ein Denkmal gesetzt. Jeder kam ins *Bluebird*, um in geselliger Runde aufstrebende Stars zu sehen. Und wenn der Eigentümer höchstpersönlich auf der Bühne stand und einen *seiner* Songs zum Besten gab, kochte der Laden.

Luke parkte den blauen Pick-up vor dem zweistöckigen Gebäude, das seit einem halben Jahr sein ganzer Stolz war. Etwas ungelenk stieg er aus und streckte sich, da seine Muskeln nach der langen Fahrt verspannt waren. Obwohl es Sonntagabend war, bemerkte er wohlwollend den gut besuchten Parkplatz vor seinem Club und beim Rhythmus des eingängigen Countrysongs, den man bis nach draußen hörte, ging ihm das Herz auf. Das hier war sein Leben. Dafür hatte er alles aufgegeben.

Schnell schnappte er sich den Hut vom Beifahrersitz und die Reisetasche von der Ladefläche, warf sie sich über die Schulter und lief mit wiegenden Schritten auf den Eingang zu. Mit Schwung öffnete er die rustikale Holztür, die der eines Saloons nachempfunden war, und trat ein. Schlagartig verbesserte sich seine Laune, denn er war endlich wieder Daheim. Zufrieden schaute er sich um, dann ging er mit einem breiten Lächeln auf den Tresen zu.

„Hi, Trace. Ich bin zurück“, begrüßte Luke seinen Angestellten. „Und wie ich sehe, steht der Schuppen noch.“ Gut gelaunt zwinkerte er dem jungen Barkeeper zu und klopfte ihm freundschaftlich auf die Schulter.

„Na klar, Boss. Du weißt doch, dass du dich auf uns verlassen kannst“, erwiderte dieser mit einem schiefen Grinsen.

„Gibt's was Neues?“, fragte Luke, während er sich lässig mit dem Ellbogen am Tresen abstützte.

„Nein, außer dass wir gestern Abend kurzfristig umdisponieren mussten. Kasey liegt mit 'ner fetten Erkältung im Bett. Die war vielleicht schlecht drauf, als ich sie wieder heimgeschickt habe.“ Trace schüttelte ungläubig den Kopf.

Luke dachte an seine neueste Entdeckung, Kasey Rhiley, die in letzter Zeit regelmäßig bei ihm auftrat. Er wusste nur zu gut, wie temperamentvoll die zierliche Sängerin mit der gewaltigen Stimme sein konnte.

Ein amüsiertes Grinsen schlich sich auf seine Lippen, als er an ihr erstes Treffen dachte. Sie hatte eines Abends einfach hier im Club gestanden, in engen Bluejeans, die ihre schlanken Beine wie eine zweite Haut umschmeichelt hatten, einer blütenweißen Bluse, die lässig über dem Bauchnabel geknotet gewesen war, und der blonden Lockenmähne, die alle Blicke auf sich gezogen hatte. Erst hatte er sie nur für ein sexy Mäuschen gehalten, das eher mit äußeren Reizen begeisterte, aber nach dem ersten Song hatte er seine

Meinung schnell geändert. Sie hatte ihn förmlich umgehauen!

„Das kann ich mir bildlich vorstellen. Bist du eingesprungen?“ Luke zog fragend eine Augenbraue hoch.

„Na klar. Du weißt doch, wie heiß ich darauf bin. Außerdem lieben mich die Ladys!“

Luke lächelte Trace dankbar zu. Wie gut, dass er immer einen Notfallplan hatte. Trace hatte zwar nicht vor, professionell Musik zu machen – er coverte lediglich die aktuellen Charts –, aber für gelegentliche Auftritte reichte sein Talent allemal.

„Danke, Trace! Ich bring nur schnell meine Sachen nach oben, dann greife ich dir unter die Arme.“

„Nur kein Stress, du bist ja erst heimgekommen. Wie lief es eigentlich in Gainesville?“

„Frag lieber nicht! Leider muss ich in nächster Zeit wohl öfter runterfahren ... Ich erzähle dir später alles, mache mich nur kurz frisch.“

„Alles klar!“

Luke stieß sich vom Tresen ab, schnappte sich seine Reisetasche und stieg die Treppe zum Obergeschoss hinauf, wo sich das Büro und seine Wohnung befanden. An manchen Tagen konnte er selbst kaum glauben, dass er der stolze Eigentümer dieser Räumlichkeiten war.

Der Umbau des ehemaligen Eisenwarenladens hatte ihn eine dicke Stange Geld gekostet, aber es hatte sich gelohnt. Wo einst ein fleckiger Holzboden gewesen war, glänzte nun poliertes Parkett. Es gab gemütliche Sitzecken entlang der Wände und überall im Raum waren Stehtische verteilt – genügend Platz für über zweihundert Gäste. An einer der Wände hingen ausrangierte Gitarren und gerahmte Porträts berühmter Countrystars.

Besonders stolz war Luke aber auf den Bartresen, der sich über die gesamte Breite des Clubs zog und bei seinen Stammgästen sehr beliebt war. Hier gab es immer einen freien Platz oder man stellte sich einfach dazu, wenn der Club bei einem Event bis auf die letzte Ecke ausgebucht war. Eine beachtliche Sammlung an Whiskeyflaschen und anderen Spirituosen zierte die beleuchtete Rückwand der Bar, die stimmungsvolles Licht verbreitete und dazu einlud, den Abend bei guter Musik und einem Drink zu verbringen.

Doch das Herzstück seines Clubs war die heimelige Bühne, die nicht viel mehr brauchte als eine gute Soundanlage, denn den Rest übernahmen die Künstler.

Als Luke seine Wohnung betrat, die zusammen mit dem Büro beinahe genauso groß wie der Club darunter war, überkam ihn mit einem Mal ein sentimentales Gefühl. Eine Zeit lang hatte er davon geträumt, dass Charlotte zu ihm zurückkäme – natürlich nach einer anständigen Entschuldigung ihrerseits. Er hatte sich ausgemalt, wie sie das karg eingerichtete Wohnzimmer in ein gemütliches Zuhause verwandelten und in der Küche – genau so, wie er es von seiner Mom kannte – mit viel Liebe kochen würden. Aber von Charlotte war in all der Zeit kein Lebenszeichen gekommen, keinerlei Einsicht, dass sie falschlag, als sie ihn einen verträumten Künstler genannt hatte, der etwas wolle, das unerreichbar sei.

Er konnte auch jetzt noch kaum beschreiben, wie sehr sie ihn damit verletzt hatte. Er hatte sich eine Frau gewünscht, die an ihn glaubte, und nicht eine, die ihm das Liebste auf der Welt – die Musik – madig machte. Letztendlich war ihre Beziehung daran zerbrochen.

Mittlerweile sollte sie jedoch von seinem „Ruhm" gehört haben, schließlich war er mit seinem letzten Song mehrere Wochen in den Top Ten der Billboards gewesen. Zwar hätte seine Mutter es ihr nicht unter die Nase gerieben, das wusste er, und auch sein Vater hätte sich mit Sicherheit lieber die Zunge abgebissen, als über den Erfolg seines Sohnes zu schwadronieren. Aber selbst wenn Charlotte es nicht persönlich mitbekommen hatte, gab es in Gainesville sicherlich mindestens eine Klatschbase, die es ihr brühwarm erzählt hätte.

Die Gedanken rotierten in seinem Kopf. Das Wiedersehen mit Charlotte musste die alten Gefühle wieder aufgewühlt haben, Gefühle, die er bisher sorgsam verstaut hatte. Dann, plötzlich, erfüllte ihn Wut – auf sich, auf Charlotte, auf die ganze Situation.

Luke schleuderte seine Reisetasche etwas zu heftig ins Eck, hängte seinen geliebten Stetson an die Garderobe und ging ins Badezimmer. Er spürte seine Muskeln, die nach der langen Fahrt noch immer steif waren.

Automatisch griff er mit der Hand nach seiner Schulter, um sich den Schmerz wegzumassieren, jedoch ohne großen Erfolg. Vielleicht war er aber auch einfach nur angespannt – kein Wunder, nach dem Wochenende!

Das graumelierte Shirt über den Kopf ziehend, schlüpfte Luke aus seiner Hose und warf einen Blick in den Spiegel. Obwohl er nicht sonderlich viel Wert auf

Fitness legte – sein Interesse hatte schon immer mehr der Musik gegolten –, war sein Körper gut definiert. Er wirkte schlank und sehnig und an den richtigen Stellen muskulös. Ein feiner Flaum Haare zog sich quer über seine Brust, verlief weiter nach unten über den flachen Bauch und endete unter dem Bund seiner Boxershorts. Ja, Luke Walker brachte nicht nur mit seiner tiefen, rauen Stimme die Frauen um den Verstand, sondern auch mit seinem Aussehen.

Mit einem schnellen Handgriff entledigte er sich auch seiner Unterwäsche und stieg unter die Dusche. Am liebsten hätte er sich etwas Erleichterung verschafft, aber ihm geisterte zu viel im Kopf herum und außerdem musste er gleich wieder nach unten. Deshalb schnappte er sich lediglich das Duschgel, seifte sich gründlich ein und genoss für einige Minuten das warme Prasseln auf seinem Rücken.

4

„Zweimal Rührei mit Bacon und Toast, Al!"

Charlotte schnappte sich die Thermoskanne mit frisch aufgebrühtem Kaffee, strich sich schnell eine lose Haarsträhne hinters Ohr und marschierte zurück zu den Neuankömmlingen an Tisch fünf, die an diesem Montagmorgen mit ihrem riesigen Luxuscamper den Parkplatz vor *Al's Diner* geentert hatten.

„Sind Sie auf der Durchreise? Ich habe Sie hier noch nie gesehen", fragte Charlotte interessiert, als sie die Becher des älteren Ehepaars mit Kaffee füllte.

Mit einem freundlichen Lächeln sah die Frau auf. „Ja, wir sind gerade auf dem Weg zu unserer Tochter und ihrer Familie. Unsere Enkeltochter feiert am Wochenende ihren achten Geburtstag."

„Oh, das ist aber schön", erwiderte Charlotte erfreut.

„Leider sehen wir uns nicht sehr oft. Wir wohnen ganz oben in Minnesota, aber wir versuchen, so oft wie möglich bei ihnen zu sein. Und da mein Mann Angst vor dem Fliegen hat", fuhr die Frau mit einem Schmunzeln und einem Blick auf den Camper fort, „bleibt uns nichts anderes übrig, als mit diesem Ding dort draußen quer durch das Land zu tuckern."

Entschuldigend hob der Mann die Hände. „Na, früher hast du dich immer beschwert, du würdest nichts von unserem schönen Land sehen ... Jetzt haben wir endlich die Gelegenheit dazu!"

Charlotte lächelte die beiden wehmütig an. Sie wusste, wie es war, wenn die Familie auf der anderen Seite des Landes wohnte. Ihre Eltern kamen zwar zu

Thanksgiving oder Weihnachten zu Besuch, aber von Kalifornien war es eine zu weite Strecke, um mal eben vorbeizuschauen.

„Hätten Sie vielleicht einen Insidertipp für uns? Wir würden hier gerne einen Zwischenstopp einlegen", fragte die Frau hoffnungsvoll.

Charlotte dachte kurz nach. „Nicht weit von hier gibt es den *Ricketts State Park* mit seinen unzähligen Wasserfällen, wenn Sie gerne in der Natur sind. Die Wanderwege sind auch für Anfänger sehr gut geeignet."

„Oh, das klingt toll, nicht wahr, George?", erwiderte die ältere Frau mit einem Leuchten in den Augen.

„Ich habe schon von diesem Park gehört", antwortete dieser nachdenklich. „Wenn mich nicht alles täuscht, gibt es dort auch einen netten Campingplatz. Vielen Dank für den Hinweis, dann ist unser Schlafplatz für heute Abend schon gesichert!"

Charlotte schenkte den beiden ein warmes Lächeln. „Sehr gerne. Ich bin mir sicher, dass es noch freie Plätze gibt. Um diese Jahreszeit ist der Park noch nicht so überlaufen wie im Sommer. Andernfalls kommen Sie einfach hierher zurück, Al freut sich immer über Gäste."

„Das hört sich doch prima an! Siehst du, es war doch gut, dass ich unsere Wanderstiefel eingepackt hab." Die Frau warf ihrem Mann einen triumphierenden Blick zu. „Und morgen nach dem Frühstück geht's dann weiter!"

„Ja, Susan. Ich weiß, du und dein siebter Sinn."

„Mach dich nur lustig. Wir werden schon noch sehen, wer nach zwei Meilen schlapp macht."

Charlotte könnte dem Ehepaar ewig zuschauen, es war einfach köstlich, wie sich die beiden neckten.

Der helle Klang der Tischklingel riss sie plötzlich aus ihren Gedanken. „Oh, das ist Ihr Essen. Ich bin sofort wieder da.“ Kurz lächelte sie den beiden zu, ehe sie sich umdrehte und zur Küche eilte.

Mit einem Augenzwinkern nahm sie die voll beladenen Teller aus der Durchreiche entgegen und marschierte zurück zum Tisch.

„Lassen Sie es sich schmecken“, sagte sie und stellte ihnen ihr Frühstück hin.

Charlotte konnte sich ein Grinsen nicht verkneifen, denn es war dem Ehepaar deutlich anzusehen, dass sie beim Anblick der riesigen Teller etwas überfordert wirkten. Kein Wunder, denn Al meinte es mit den Portionen immer zu gut. Einer der Gründe, warum er seit nunmehr dreißig Jahren im Geschäft war.

Charlotte sah sich prüfend um – nein, im Moment gab es hier nichts für sie zu tun.

„Gönn dir 'ne kleine Verschnaufpause, Mädchen.“ Mit einem Schmunzeln drehte sich Charlotte nach Als Stimme um. Sie hätte wetten können, dass er den Kopf mal wieder aus der Durchreiche streckte und die Ellbogen lässig auf dem Tresen abstützte. Sie kannte es nicht anders.

„Ich wollte dir gerade in der Küche helfen“, protestierte sie, als Al plötzlich einen Teller voller Pancakes hinter seinem Rücken hervorzauberte.

„Kommt gar nicht infrage. Es wird Zeit, dass du was isst. Und vergiss nachher bloß nicht die Portion für Cody!“

Wärme und Zuneigung durchströmten sie bei seiner Fürsorglichkeit. „Vielen Dank, Al. Du bist ein Schatz."

Charlotte konnte gar nicht beschreiben, wie dankbar sie Al war. Sie liebte den alten Seebären einfach, und das nicht nur, weil er ihr kurzerhand einen Job angeboten hatte – er gehörte mittlerweile zur Familie.

Sie schnappte sich den nächstbesten Barhocker und gesellte sich zu ihm an den Tresen. Dann griff sie nach der Gabel und kostete den ersten Bissen. Genießerisch schloss sie die Augen. „Mmh, deine Pancakes sind einfach ein Traum. Wenn ich da an die klebrigen Dinger vom letzten Jahr denke, wird mir immer noch schlecht."

„Erinnere mich nur nicht daran!" Al schüttelte sich. „Das war das erste und letzte Mal, dass ein Fremder in meiner Küche war. Vorher schließe ich!"

Nach einem Schwächeanfall hatte Al im Jahr zuvor für mehrere Wochen einen jungen Koch zur Unterstützung eingestellt. Doch nachdem sich die Beschwerden gehäuft und alle Als legendäre Eier mit Speck vermisst hatten, schwang er nun wieder selbst den Kochlöffel.

Charlotte warf Al einen besorgten Blick zu. „Versprich mir aber, dass du um Hilfe bittest, wenn es dir wieder über den Kopf wächst. Ich möchte dich nicht noch einmal in diesem schrecklichen Zustand vorfinden."

„Ach, das war doch nichts. Ich hab mich nur ein bisschen am Küchenboden ausgeruht", erwiderte Al lapidar und sah sich dann neugierig im Diner um. „Da drüben ist übrigens Daniel. Ich hätte es mir denken können. Eher geht die Welt unter, bevor unser Notar auf sein Omelette verzichtet." Al winkte seinem Stammgast freudig zu, dann drehte er sich mit einem Stirnrunzeln zu Charlotte. „Viel wichtiger ist, wie es dir geht. Seit dem Wochenende gibt es nur noch ein Gesprächsthema: Luke Walker."

„Mir geht's gut ... Schau mich nicht so an. Ich bin längst über ihn hinweg", erwiderte Charlotte so gelassen wie möglich.

Wenn sie jedoch an gestern Mittag dachte, wurde ihr wieder ganz anders. Schon lange war ihr kein Mann mehr körperlich so nahe gewesen, dass sie seine Hitze gespürt, seinen Geruch wahrgenommen hatte. Es hatte sich gut angefühlt und für einen Moment hatte sie sich gewünscht, dass er sie einfach in den Arm nahm, so wie früher, als die Welt noch in Ordnung und ihre einzige Sorge gewesen war, ob sie am Abend einen Tisch im Diner bekamen.

Als könnte Al ihre Gedanken lesen, zog er skeptisch eine Augenbraue hoch. „Wenn du meinst, dann red dir das nur selbst ein."

Mit diesem Satz zog er den Kopf zurück in die Küche und Charlotte beobachte kurz darauf, wie sich Al daranmachte, den verkrusteten Gasherd zu schrubben.

***

Zur selben Zeit schnappte sich Joseph seine Lunchbox und eine Flasche Wasser aus der Kühltasche, die er auf der Rückbank seines Wagens verstaut hatte, und steuerte den schattigen Unterschlupf einer riesigen Eiche an. Hastig öffnete er die alte Blechdose und zum Vorschein kam ein großzügig belegtes Sandwich, das er sich mit den Resten vom Frühstück zubereitet hatte.

Es war allerhöchste Zeit für eine Pause, wie er nach einem Blick auf die Uhr festgestellt hatte. Herzhaft biss er hinein.

Heute arbeitete er auf dem Kartoffelfeld, das nur wenige Autominuten von der Farm entfernt lag. Hier war der Boden locker und sandig und wie geschaffen für den Anbau von Süßkartoffeln.

Zufrieden ließ er den Blick über sein Tageswerk schweifen. Wie jedes Jahr zur Aussaat hatte er viel zu tun, denn im Mai war es endlich so weit, die Setzlinge einzupflanzen. Dieses Mal hatte er dafür allerdings viel länger gebraucht als sonst, denn Becky war ihm dabei immer eine große Hilfe gewesen. Gemeinsam hatten sie nach getaner Arbeit oft ein kleines Picknick veranstaltet. Es hatte Gebäck, kalten Braten und im Herbst nach der Ernte sogar ein Gläschen Wein gegeben. Aber diese Zeit war vorbei. Seine Becky war für immer fort und er vermisste sie schmerzlich.

Joseph hatte die mitleidigen Blicke, die Beileidsbekundungen und die gut gemeinten Hilfsangebote der Nachbarn mittlerweile satt. Sie machten alles nur noch schlimmer, denn niemand wusste, wie sehr er wirklich litt. Er hatte seine Seelengefährtin verloren. Warum ließ man ihn nicht einfach in Ruhe?

Wenn er an den vollen Kühlschrank und die Auflaufformen dachte, die sich mittlerweile in seiner Küche türmten ... Er wollte den Krempel endlich wieder aus seinem Haus haben. Sie erinnerten ihn immerzu an den Tag, als er seine Becky begraben hatte.

Frustriert schmiss Joseph das angebissene Sandwich zurück in die verbeulte Dose. Der Appetit war ihm gehörig vergangen. Es war wohl am besten, wenn er sich zurück an die Arbeit machte und nach dem Bewässern frühzeitig zu Josie zurückkehrte.

***

Am späten Nachmittag machte sich Joseph auf den Heimweg. Das schlechte Gewissen nagte an ihm, da er seine Tochter den ganzen Tag über alleine gelassen hatte. Kurz fragte er sich, in welcher Verfassung er sie wohl vorfinden würde. Er war untröstlich, dass er ihr den Schmerz nicht wenigstens ein bisschen nehmen konnte.

Mit einem lauten Klackern brachte Joseph seinen alten Dodge Ram vor dem Haus zum Stehen und stieß dabei einen unterdrückten Fluch aus. Sein Auto hatte die besten Jahre wohl hinter sich, denn so wie es aussah, machte sich mal wieder das Radlager bemerkbar. Aber darum würde er sich später kümmern, jetzt war erst mal Josie an der Reihe. Mit einem Ächzen stieg er aus dem Truck, schleppte sich müde zur Haustüre und öffnete sie.

„Bin wieder da!“, rief er, als er den Flur erreichte.

Stumm lauschte Joseph auf ein Lebenszeichen seiner Tochter, doch es folgte keine Reaktion. Heute früh, als er aus dem Haus gegangen war, hatte sie noch geschlafen, doch mittlerweile war es fast fünf und Josie sollte längst wach sein. Ob etwas passiert war? Sie hatte nicht gesagt, dass sie wegwolle.

„Hallo?“ Beunruhigt stieg er die Treppen zum ersten Stock hinauf und atmete erleichtert aus, als er seine Tochter im Bad hörte.

Er machte sich Sorgen um sie. Seit dem gemeinsamen Mittagessen gestern war sie nicht wieder aus ihrem Zimmer gekommen, sodass er ihr am Abend einen kleinen Snack zubereitet und hinaufgebracht hatte.

„Hi, Dad! Ich habe gar nicht mitbekommen, dass du schon da bist." Überrascht streckte Josie den Kopf aus der Tür und fuhr nach einem kurzen Blick auf seine Klamotten fort: „Ich bin gleich so weit, dann kannst du ins Bad."

„Nur keine Eile, so dreckig bin ich nun auch wieder nicht." Täuschte er sich oder war Josies Stimmung heute etwas besser?

„Ich werde uns in der Zwischenzeit 'ne Pizza bestellen, was hältst du davon?", schlug er mit gespielt heiterer Stimme vor. Sein Magen hing ihm mittlerweile zwischen den Knien und mit Pizza konnte man seine Tochter immer ködern.

„Ich nehme eine Margherita", erwiderte Josie und verschwand dann wieder im Badezimmer.

Mit einem zufriedenen Lächeln stieg Joseph die Stufen hinunter. Dann also Pizza. Obwohl er sich sonst nicht um italienisches Essen riss – er mochte Beckys Hausmannskost viel lieber –, blieb ihm keine andere Wahl. Den Auflauf im Kühlschrank würde er nicht mehr anrühren. Es wurde höchste Zeit, dass er die Reste endlich entsorgte.

Kurz überlegte er, wo Becky die Flyer vom Lieferdienst aufbewahrt hatte. Sie hatten zwar gelegentlich etwas bestellt, doch war dies eher eine Ausnahme geblieben. Mit einem Ruck öffnete er die Schublade der Vitrine und fischte zahlreiche Flyer hervor. Herrgott, gab es denn mittlerweile für alles einen Lieferdienst? Konnten die Menschen heutzutage nicht mehr selbst kochen?

Joseph griff zum Hörer, wählte die Nummer der Pizzeria und nach wenigen Sekunden meldete sich auf der anderen Seite der Leitung eine ältere Dame. Er bestellte die von Josie gewünschte Margherita und eine Lasagne für sich. Nachdem sie ihm die Wartezeit durchgegeben hatte, wünschte die Frau ihm noch einen schönen Abend. Mit den Worten „Danke, wünsche ich ebenfalls“ legte er auf, bevor er sich auf den Weg ins Bad machte, um sich endlich den Dreck von der harten Arbeit auf dem Feld abzuwaschen.

Eine halbe Stunde später saß Joseph mit Josie am Küchentisch. Der Lieferdienst hatte gerade das Essen gebracht, das jetzt heiß dampfend vor ihnen stand.

„Ich habe vorhin mit Charlotte und Luke telefoniert“, berichtete Josie unvermittelt zwischen zwei Stücken Pizza. „Beide haben am Freitagabend Zeit!“

Joseph fuhr sich müde über das Gesicht. Daher also Josies gute Laune. Im Moment wollte er sich allerdings lieber nicht an Luke erinnern, er kochte wegen ihres Streits immer noch vor Wut. Am liebsten hätte er das nächste Essen so weit wie möglich nach hinten geschoben.

„Hat das nicht noch Zeit? Ist doch erst einen Tag her.“

„Ja, aber die beiden arbeiten an den Wochenenden und müssen sich rechtzeitig freinehmen“, entgegnete Josie verteidigend.

Joseph atmete hörbar aus. Es hatte keinen Zweck, mit einem Teenager zu diskutieren, schon gar nicht mit seiner Tochter.

„Wir müssen schauen, was noch an Essen da ist, und notfalls was besorgen“, fuhr sie aufgeregt fort.

Das konnte ja heiter werden, der Boxkampf ging also in die zweite Runde. Er hätte nicht damit gerechnet, dass sich Luke ein zweites Mal blicken ließ. Doch so wie es aussah, nahm sein Sohn den letzten Wunsch seiner Mutter ernst – wenigstens eine Sache.

„Wenn mich nicht alles täuscht, ist im Gefrierschrank noch Roastbeef“, überlegte er laut und kratzte den letzten Rest seiner Lasagne aus der Aluschale. „Dazu passen frittierte Süßkartoffelecken.“

Josie lächelte glücklich. „Gute Idee, Dad!“

Joseph schenkte seiner Tochter ein liebevolles Lächeln und fragte dann hoffnungsvoll: „Hast du heute Abend noch etwas vor oder leistest du deinem alten Herren ein wenig Gesellschaft? Wir könnten uns einen Film anschauen.“

„Ja, sehr gerne“, erwiderte Josie und fuhr dann entschuldigend fort: „Aber morgen Abend musst du auf mich verzichten. Jessie kommt vorbei.“

Joseph nickte lächelnd. Er freute sich, dass sich Josie mit ihrer besten Freundin traf. Vielleicht kam sie dann etwas auf andere Gedanken. Das Haus war so furchtbar still ohne Becky.

Gemeinsam verließen sie wenige Augenblicke später die Küche und gingen hinüber in das angrenzende Wohnzimmer. Josie fläzte sich auf die Couch und Joseph machte es sich in seinem Fernsehsessel gemütlich. Es war keine Woche her, dass er mit Becky hier auf der Couch gesessen hatte und sie gemeinsam eine Folge „Grace und Frankie“ angesehen hatten. Na ja, er hatte vielmehr ein Nickerchen gehalten, während seine Becky sich köstlich amüsiert hatte.

Sein Blick wanderte zu Josie. Es tat gut, sie wieder lachen zu sehen, auch wenn es nur für einen Augenblick war.

„Diese Fonda altert aber auch gar nicht", bemerkte er nach einem skeptischen Blick auf den Fernseher.

„Wem sagst du das ... Ich finde Jane klasse!"

Joseph sah zusammen mit seiner Tochter noch zwei weitere Folgen an und verabschiedete sich dann mit einem müden Gähnen. Es wurde Zeit fürs Bett.

Mit steifen Knochen ging er die Treppen hinauf und fühlte sich wie eine alte Dampflok. Der Tag auf dem Feld hatte an seinen Kräften gezehrt – er war schließlich nicht mehr der Jüngste, dabei hatte er einen Sohn mit zwei gesunden Händen. Aber Luke hatte ja andere Pläne gehabt und unbedingt ein zweiter Jonny Cash werden wollen!

Becky

Zwei Jahre zuvor

„Mom, mach schnell den Fernseher an! Sie bringen Lukes Auftritt!", rief Josie schon von der Treppe aus.

„Was, jetzt schon? Es ist doch noch nicht mal acht Uhr!"

„Er wurde vorgezogen. Luke hat mich grad angerufen", erwiderte sie atemlos und stürmte an ihrer Mutter vorbei ins Wohnzimmer.

Schnell nahm sich Becky die Schürze ab – sie war gerade am Kochen gewesen – und folgte ihrer Tochter mit eiligen Schritten.

„Da! Da ist er!", kreischte Josie hemmungslos. „Mom, Luke ist in der Opry!"

Die Opry war die größte Bühne in ganz Nashville und jeder aufstrebende Countrysänger träumte davon, irgendwann dort auftreten zu dürfen. Dass Luke jetzt die Möglichkeit dazu bekam, war fast ein kleines Wunder.

Als Becky endlich das Wohnzimmer erreichte, fiel ihr Blick sofort auf Luke. Sie konnte selbst nicht richtig glauben, dass dieser attraktive Mann mit Gitarre und Cowboyhut wirklich ihr Sohn war. Er sah so ganz anders aus und auf dieser riesigen Bühne verfehlte er nicht seine Wirkung.

Ergriffen trat Becky näher. Tränen der Rührung und des Stolzes standen ihr in den Augen. Sie hatte schon immer gewusst, dass Luke es eines Tages schaffen würde.

„Ich liebe diesen Song – hör dir nur den Text an. Wie kommt er nur immer auf solche Ideen?" Becky setzte sich in den Fernsehsessel und verfolgte gebannt den Auftritt.

„Da musst du ihn schon selbst fragen. Ich jedenfalls kann mich nicht erinnern, dass er eine Freundin namens Caroline hatte und mit ihr in den Sonnenuntergang geritten ist", erwiderte Josie leicht amüsiert.

„Caroline nicht, aber Charlotte. Die wenigsten Künstler benutzen die tatsächlichen Namen ihrer Ex-Partner", rätselte Becky.

„Mom, ich weiß, du wünschst dir nichts sehnlicher, als dass die beiden wieder zusammenkommmen, aber mittlerweile ist Luke seit einigen Monaten weg. Mach dir also nicht zu viele Hoffnungen", erwiderte Josie mit sanfter Stimme und verzog dabei mitfühlend das Gesicht.

Becky nickte nachdenklich. Sie hatte schon immer zu viel in Lukes Texte hineininterpretiert. Vielleicht waren manche davon tatsächlich einfach nur Songs.

„Willst du davon auch ein Foto für dein Album?", fragte Josie plötzlich und zog ihr Smartphone aus der Hosentasche.

„Auf jeden Fall! Es kommt schließlich nicht jeden Tag vor, dass der eigene Sohn in der Grand Ole Opry spielt."

„Dann lass mich mal sehen, ob wir ein anständiges Bild hinbekommen." Josie kniete sich wenige Zentimeter vor den Fernseher und versuchte mit ruhiger Hand, eine Aufnahme zu machen. „Perfekt, würde ich sagen. Dieses Bild wird der Knaller im Album!"

„Danke, Schatz. Vielleicht kannst du es nächste Woche direkt entwickeln lassen? Ich würde das Album gern mit zu Grandma nehmen."

„Klar, kein Problem. Ich bin nächste Woche ohnehin in der Stadt."

Nach einer kleinen Werbeunterbrechung ging es mit einem zweiten Song weiter, Beckys Lieblingssong. Sie konnte gar nicht sagen, wie oft sie dieses Lied schon gehört hatte. Luke hatte es schon vor Jahren geschrieben und ihr am Küchentisch vorgespielt – und jetzt hörte ein Millionenpublikum diesen Song.

In Gedanken versunken, zog sie die Schublade der Kommode auf und holte ein dickes Album hervor. Sie hatte alles gesammelt, jeden noch so kleinen Zeitungsausschnitt, Eintrittskarten oder Flyer, die ein Event angekündigt hatten. Ganz vorne hatte sie sogar ein paar alte Aufnahmen von ihm mit seiner ersten Gitarre eingeklebt.

Liebevoll strich Becky über den ledernen Einband und ihre Gedanken wanderten zu Joseph. Wenn doch auch ihr Mann endlich kapieren würde, dass Luke genau das Richtige tat!

5

Routiniert befestigte Joseph den Köder am Haken seiner Rute und warf diese anschließend mit gekonntem Schwung aus. Ein leises Plopp erklang und der Mehlwurm landete auf dem Wasser. Es hatte etwas Beruhigendes, morgens bei frischer Luft und absoluter Stille darauf zu warten, dass ein Fisch anbiss. Lächelnd befestigte er die Angel im Rutenhalter am Rand des Ufers und ließ sich dann auf seinem Klappstuhl nieder. Er war schon seit Monaten nicht mehr angeln gewesen – höchste Zeit, dass er daran etwas änderte – und nach dem katastrophalen Mittagessen vor drei Tagen schien ihn die Ruhe hier tatsächlich zu beruhigen.

Sein Blick wanderte zu Daniel, der gerade einen frisch ausgenommenen Fisch in der Kühlbox verstaute.

„Nicht schlecht. Sieht ganz danach aus, als hättest du heimlich geübt“, bemerkte Joseph anerkennend. Es kam eher selten vor, dass Daniel vor ihm einen Fisch aus dem Wasser zog.

„Nur weil du keine Lust hattest, hat mich das nicht davon abgehalten, alleine hier raufzufahren“, erwiderte Daniel mit einem Grinsen und versuchte sein Glück mit einem weiteren Köder. „Ich würde sagen, mein Abendessen ist so gut wie gesichert.“

Schmunzelnd schüttelte Joseph den Kopf und richtete seinen Blick zurück aufs Wasser. Er konnte gar nicht beschreiben, wie sehr ihm die Ausflüge zum Pine Lake gefehlt hatten. Die für Pennsylvania typischen Hemlocktannen ragten neben dem tiefblauen Wasser in den Himmel und raubten ihm für einen Moment den

Atem. Es war ihm immer etwas dazwischengekommen. Entweder hatte er auf dem Feld zu tun gehabt oder er war bei Stadtratssitzungen gewesen. Dann war Becky krank geworden und alles hatte sich verändert ...

„Lass dir den Burschen nicht entgehen!“ Mit einem Satz war Daniel aufgesprungen, als Josephs Angel auf einmal gefährlich wackelte. „Sieh dir den Prachtkerl an“, fuhr er aufgeregt fort, als er den Schatten unter der Wasseroberfläche sah, und packte Joseph am Arm.

Erschrocken sah dieser auf und griff geistesgegenwärtig nach der Angel. „Ist das etwa ein *Black Bass*?“ Mit zusammengekniffenen Augen versuchte er, auf dem sich spiegelnden Wasser etwas zu erkennen.

„Von der Größe her könnte es sein. Ich schnappe mir den Kescher und halte mich bereit.“

„Alles klar“, murmelte Joseph hochkonzentriert und holte langsam die Schnur ein, bis er den Widerstand des Fisches deutlich an der Rute spüren konnte. Er hielt die Angel weiter nach oben, bis ihm die Unterarme schmerzten, und zog den Fisch schließlich mit einer schnellen Bewegung an Land.

„Das nenn ich mal einen Fang!“ Joseph strahlte über das ganze Gesicht, als er das Exemplar, das sich tatsächlich als Black Bass herausstellte, näher besah. Er hatte in all den Jahren, in denen er nun schon angelte, nie einen größeren Fisch gefangen. Seine Becky wäre mit Sicherheit sehr stolz auf ihn gewesen.

***

Gegen Mittag saßen die Männer in bester Feierlaune gemeinsam am Küchentisch. Joseph hatte nach ihrer

Rückkehr vom See kurzerhand den Grill angeschmissen, während sich Daniel drinnen an einem Salat versucht hatte. Nun starrten sie zufrieden auf ihre mittlerweile wieder leeren Teller.

„Der war wirklich ausgezeichnet, aber ich bin pappsatt!"

„Wem sagst du das. Ich frag mich nur, was ich mit dem Rest machen soll", erwiderte Joseph mit einem hilflosen Blick auf den *Black Bass*. „Meine Kühltruhe ist jetzt schon voll."

Daniels dröhnendes Lachen erfüllte die ganze Küche. „Vielleicht sollten wir fürs nächste Mal einfach eine größere Kühlbox kaufen, dann müssen wir nicht sofort abbrechen."

„Ja, das war wirklich schade. Ich wäre gern noch länger am See geblieben. Aber die Idee mit der größeren Kühlbox ist nicht schlecht. Wenn ich wieder in Übung bin, wäre das sicher nicht verkehrt."

„Na, wer wird denn da gleich größenwahnsinnig?", bemerkte Daniel mit einem Schmunzeln.

Joseph kratzte die letzten Reste vom Grillteller und leckte genüsslich die Gabel ab. „Lass uns den restlichen Fisch einfach portionieren und einfrieren. Du nimmst dir was mit und alles, was übrig bleibt, werde ich schon irgendwie verstauen."

„Gute Idee, dann hast du was im Haus, wenn die Kinder kommen."

„Hör mir bloß damit auf. Ich will gar nicht an Freitag denken!"

„Ach komm schon, stell dich nicht so an. Du hast deinen Sohn seit einer Ewigkeit nicht mehr gesehen. Freust du dich nicht wenigstens ein bisschen?"

Joseph atmete hörbar aus, denn nach dem letzten Wochenende war ihm die Freude vollends vergangen. Ihr Streit wollte ihm nicht mehr aus dem Kopf gehen. Sein Sohn benahm sich immer noch wie ein launischer Teenager, der keine Verantwortung übernahm und das Andenken seiner Mutter mit Füßen trat.

Ernst blickte er Daniel an. „Wir sind am Wochenende schon wieder aneinandergerasselt."

Daniel erwiderte nichts und so schwiegen sie sich kurz an, bis Joseph einfiel, was er Daniel unbedingt hatte erzählen wollen. „Apropos Luke ..." Er verschwand im angrenzenden Wohnzimmer und kam wenige Sekunden später mit einem Fotoalbum zurück. „Sieh dir das mal an. Ich hab es erst gestern gefunden. Was man so alles entdeckt, wenn man nach Batterien sucht."

Joseph öffnete das Album und legte es mittig auf den Tisch.

„Mmh, sieht mir ganz nach Beckys Werk aus", stellte Daniel nach einem Blick auf die ersten Seiten fest. „Von dir kann es jedenfalls nicht sein."

„Hast du gewusst, dass er in Europa auf Tournee war?"

Daniel nickte. „Ja, allerdings nur in Spanien und England."

Überrascht sah Joseph seinen Freund an und blätterte dann hektisch weiter. „Und hier ein Ausschnitt der Billboards – Platz eins!"

„Ja, *Caroline* ist einer meiner Lieblingssongs", erwiderte Daniel wie selbstverständlich.

„Du hast gewusst, dass er so erfolgreich ist?" Joseph konnte kaum glauben, was er da hörte. Dass Becky irgendwann aufgehört hatte, von Lukes Musik zu erzählen, war verständlich – schließlich hatten sie sich oft genug deswegen gestritten –, aber dass auch sein bester Freund mit keinem Satz erwähnt hatte, dass Luke mittlerweile so berühmt war, machte ihn wütend. Hielten ihn denn alle zum Narren?

„Wenn du öfter mal das Radio oder die Glotze anmachen würdest, wüsstest du es auch", entgegnete Daniel jedoch unbeeindruckt.

„Nicht mal Becky hat was rausgerückt", brummte Joseph verärgert. „Ich dachte, Luke hätte hier und da mal 'nen Auftritt ... Verdient ein bisschen Geld, damit er über die Runden kommt."

Daniel lachte laut auf. „Da täuschst du dich aber gewaltig. Von ‚ein bisschen Geld' kann kaum die Rede sein. Außerdem hat es dich doch sowieso nie interessiert."

Joseph klappte resigniert das Album zu. Es war nicht zu übersehen, mit wie viel Mühe Becky es angelegt hatte. Er konnte ihren Stolz und die Liebe förmlich spüren. Mit einem Mal bedauerte er es zutiefst, dass er seiner Frau nie wirklich zugehört hatte, wenn sie von Luke und seiner Musik erzählt hatte. Aber es hatte ihn einfach nicht mehr interessiert, nachdem sein Sohn das Angebot, die Farm zu übernehmen, ausgeschlagen hatte, um kurz darauf nicht nur Charlotte, sondern auch die gesamte Familie zu verlassen.

„Und was soll ich jetzt machen? Meinen Fehler zugeben?"

Daniel lächelte ihn nachsichtig an und gab ihm mit der Faust einen sanften Stoß gegen die Schulter. „Gib dir endlich einen Ruck, du sturer Bock, du hast schließlich nur noch deine Kinder."

6

Mit jeder Meile, die Luke seinem Elternhaus am Freitagabend näher kam, wuchs seine Nervosität. Am liebsten hätte er an der nächsten Kreuzung gewendet, um zurück nach Lancaster zu fahren. Stattdessen setzte er den Blinker und bog in den schmalen Feldweg ab, der geradewegs zur Farm seiner Eltern führte. Er sah dem zweiten Essen mit gemischten Gefühlen entgegen, denn er befürchtete, dass sich heute ein ähnliches Szenario wie beim letzten Mal abspielen würde. Aber wenn er ehrlich war, konnte es wohl kaum noch schlimmer werden. Im besten Fall würden sie sich einfach nur anschweigen.

Luke parkte den Wagen in der Einfahrt und stieg aus. Kurz wunderte er sich, weil er Charlottes Auto nirgends entdeckte, und bis auf das laute Zirpen der Grillen war es ungewöhnlich still. Nach einem Blick auf die Uhr wusste er allerdings, warum: Er war fast eine Stunde zu früh.

Kurz überlegte Luke, was er nun tun sollte, dann lief er um das Haus herum – eine alte Gewohnheit –, um über die Veranda hineinzugehen. Vor der Tür stoppte er jedoch abrupt, da er in der Küche nur seinen Dad erkannte. Am liebsten hätte er auf dem Absatz kehrtgemacht, aber es war zu spät, sein Dad hatte ihn bereits bemerkt. Luke stieß einen leisen Fluch aus, denn es war mal wieder die knarrende Holzdiele auf der Veranda gewesen, die ihn verraten hatte. Auch damals schon hatte sie ihm immer Schwierigkeiten gemacht.

„Luke!“ Überrascht drehte sich Joseph um, ein Schälmesser in der Hand. „Mann, hast du mich erschreckt. Ich hab noch nicht mit dir gerechnet.“

Luke öffnete die leichte Fliegengittertür und trat ein. „Hi, Dad.“

Sein Blick fiel auf ein Dutzend Süßkartoffeln, das auf der Arbeitsplatte verteilt war. So wie es aussah, war sein Dad gerade damit beschäftigt, das Abendessen vorzubereiten.

Neugierig sah er sich um und als er seine Schwester nicht entdeckte, fragte er: „Ist Josie nicht hier?“

„Sie müsste jeden Moment kommen, ist bei ’ner Freundin.“

Joseph drehte sich wieder dem Essen zu und kümmerte sich weiter um die Kartoffeln.

Etwas hilflos stand Luke einfach nur da und ihr Streit von letzter Woche beherrschte seine Gedanken. Wollte sein Dad den hässlichen Vorfall einfach mit Stillschweigen übergehen?

Frustriert schüttelte er den Kopf. Er hätte es besser wissen müssen, denn wie es aussah, hatte sein Dad nicht vor, sich zu entschuldigen, und er würde ganz sicher nicht den ersten Schritt machen.

Luke schluckte seinen Ärger, seiner Mom zuliebe, herunter und trat näher. „Lass mich raten, es gibt Roastbeef mit Süßkartoffelecken.“

„Ja, und ich könnte etwas Hilfe gebrauchen.“ Joseph zog aus der Schublade ein weiteres Messer heraus und legte es auf das Schneidbrett. „Gleichmäßige Spalten.“

Luke schnappte sich das Messer und griff nach der ersten Knolle. Es war schon ewig her, dass er selbst gekocht hatte. Meistens aß er im Club oder unterwegs eine Kleinigkeit. Kurz wunderte er sich, ob die Kartoffeln wohl vom eigenen Feld stammten, aber er wagte es nicht, danach zu fragen. Er wollte das leidige Thema heute nicht auf den Tisch bringen. Ihm war klar, dass sich nichts geändert hatte. Musik und Landwirtschaft – zwei Themen, die sie zu meiden wussten.

Stumm gingen sie ihrer Beschäftigung nach, bis Josie zur Tür hereinpolterte.

„Luke, du bist schon da?" Mit überraschtem Ausdruck kam sie auf ihren großen Bruder zu und fiel ihm stürmisch um den Hals.

„Ja, ich bin wegen des Wochenendverkehrs ein bisschen früher los und dann doch ganz gut durchgekommen", erwiderte er, ohne seine Arbeit zu unterbrechen. Er schnappte sich eine weitere Kartoffel und legte sie auf das Brett. Dann setzte er das Messer an und drückte es mit dem Handballen nach unten, da es einige Kraft erforderte, die dicke Knolle zu zerteilen.

„Wie lange kannst du bleiben?", fragte Josie hoffnungsvoll.

Lukes Herz zog sich bei ihrer Frage schmerzhaft zusammen, denn er musste seine Schwester leider wieder enttäuschen. „Ich muss spätestens morgen Mittag los. Am Abend haben wir im Club eine Veranstaltung." Dass er selbst der Liveact am morgigen Samstagabend war, verschwieg er jedoch.

Kurz glaubte er, Enttäuschung in ihren Augen zu sehen, aber dann wirkte sie neugierig. „Der Club, in dem du arbeitest?"

„Ja, genau", erwiderte er mit einem Lächeln. Selbst seiner Schwester hatte er bei ihrem letzten Besuch verschwiegen, dass er der Eigentümer des Clubs war, dabei war sie ein komplettes Wochenende bei ihm geblieben. Er hatte ihr ganz Lancaster gezeigt. Gemeinsam hatten sie die Mall unsicher gemacht, waren zusammen im Kino und anschließend essen gewesen. Er hatte gemerkt, dass es für seine Schwester ein Riesenerlebnis war, mal aus Gainesville rauszukommen.

„Es war so toll dort! Wie hieß diese Sängerin noch mal? Ach ja, Kasey!"

Aus dem Augenwinkel bemerkte er, wie sein Dad innehielt – wahrscheinlich weil er nicht dafür gemacht war, gleichzeitig Kartoffeln zu schälen *und* zu lauschen. Was musste sein alter Herr jetzt wohl von ihm denken? Dass er in einer Countrybar kellnerte?

***

Keine halbe Stunde später stand bereits das Abendessen auf dem Tisch. Der Duft von frittierten Süßkartoffeln und Braten lag in der Luft und das Haus war wieder mit Lachen erfüllt. Luke konnte sich nicht erklären, warum es dieses Mal so gut lief. Vielleicht weil sie heute alle gemeinsam das Essen zubereitet hatten? Seine Schwester und er hatten die Kartoffelecken in einem Topf mit heißem Fett frittiert, während sich ihr Dad um das Fleisch gekümmert hatte.

„Hier, ich hab noch ein Glas Preiselbeergelee gefunden." Joseph wirkte glücklicher als ein Kind zur Bescherung. „Das passt hervorragend zum Roastbeef."

Er setzte den kleinen Cody, der ihn unbedingt mit in den Keller hatte begleiten wollen, auf dem Stuhl ab und öffnete mit einem breiten Lächeln das Glas.

„Charlotte, schenk mir doch bitte ein Schlückchen von dem Wein ein, den hab ich mir nach dieser Woche redlich verdient."

„Aber sicher, Joseph. Wie lief es denn mit der Aussaat? Bist du fertig geworden?", fragte Charlotte interessiert, während sie ihm vom Wein eingoss.

„Nicht ganz so schnell wie früher, aber ja. Jetzt müssen die Kartoffeln nur noch wachsen." Joseph nahm das Glas entgegen und kostete. „Mmh, wirklich gut."

„Und wenn sie nicht wachsen, kann Dad ja mit Fischen handeln", sprudelte es amüsiert aus Josie heraus. „Habt ihr schon von seinem Fang gehört? Die Stadt redet über nichts anderes mehr!"

Interessiert sah Luke zu seinem Vater, der tatsächlich etwas verlegen wirkte.

„Daniel und ich waren diese Woche am Pine Lake und haben einen gigantischen *Black Bass* aus dem Wasser gezogen. Er war so riesig, wir haben ihn nicht mal in die Kühltasche bekommen."

Lukes Interesse war geweckt – nicht wegen des Fisches, sondern wegen Josephs Euphorie. Er blickte seinen Dad aufmerksam an und fragte sich kurz, ob auch er sich an ihre gemeinsamen Angelausflüge erinnert hatte, als er am Pine Lake gewesen war. Aber der noch immer im Raum stehende Streit ließ ihn schweigen.

„Wow, das hört sich ja aufregend an. Der muss wirklich riesig gewesen sein. Ich hoffe, du und Daniel habt ihn euch schmecken lassen", entgegnete Charlotte lächelnd.

„Darauf kannst du wetten. Wir haben ihn in Alufolie auf den Grill geschmissen, ein paar Kräuter und etwas Butter dazu ... ein Gedicht“, schwärmte Joseph mit leuchtenden Augen.

Luke lief allein bei der Vorstellung das Wasser im Mund zusammen. Vielleicht sollte er mit Scott auch mal wieder zum Angeln rausfahren, um einen frischen Fisch aus dem Wasser zu ziehen.

„Das Gefrierfach ist voll davon. Nimm dir ruhig mit, so viel du willst“, fügte Joseph an Charlotte gewandt hinzu.

„Danke, da wird sich Cody freuen. Er kann zumindest von Fischstäbchen nicht genug bekommen!“

Lukes Blick wanderte zu Cody, der offensichtlich auch ein Fan von frittierten Süßkartoffelecken war. Plötzlich grinste ihn der Kleine breit an und streckte ihm mit seinen kurzen Ärmchen eine angebissene Kartoffelspalte quer über den Tisch.

„Oh, vielen Dank, kleiner Mann“, erwiderte Luke völlig überrascht, nahm Codys „Geschenk“ entgegen und steckte sich den Happen in den Mund – er wollte schließlich kein Spielverderber sein. Sofort verwandelte sich Codys Grinsen in ein zufriedenes Lächeln.

Luke bedauerte mit einem Mal, wie seine Beziehung mit Charlotte gelaufen war. Bisher hatte er nie an eigene Kinder gedacht, es hatte andere Prioritäten gegeben, doch auf einmal wurde der Wunsch nach einer eigenen Familie übermächtig. Wie es wohl war, mit dem eigenen Sohn herumzukaspern?

Verstohlen sah er zu Charlotte hinüber. Wenn ihn nicht alles täuschte, sah sie heute noch hübscher aus als beim letzten Essen. Er konnte sich gut vorstellen, dass sich die Männer nach ihr umdrehten – er hatte es im Diner ja mit eigenen Augen gesehen. Wie viele hatten es wohl schon bei ihr versucht?

Ein merkwürdiges Gefühl von Eifersucht überkam ihn. Allein schon der Gedanke daran, dass irgendein dahergelaufener Kerl Charlotte küssen oder anfassen könnte ...

In diesem Augenblick sah sie auf und ihre Blicke trafen sich. Er war wie gefesselt von ihren bernsteinfarbenen Augen, die ihn bereits von der ersten Minute an in ihren Bann gezogen hatten. Das Knistern in der Luft war förmlich zu spüren. Lukes Herz klopfte wie wild gegen seine Brust, als sie ihn mit einem seltsamen Ausdruck musterte. Er sah sie weiter unverwandt an, doch Charlotte schien seinem intensiven Blick nicht standhalten zu können und wandte sich zuerst ab, um einen Schluck Wein zu trinken. Kurz verfluchte er sich, weil er sie gerade zu lange angestarrt hatte. Sie musste ihn für komplett übergeschnappt halten.

Schnell räusperte er sich und griff dann ebenfalls nach seinem Glas, doch sein Herz wollte sich einfach nicht beruhigen. Ganz offensichtlich schaffte es seine Ex-Freundin immer noch, ihn nervös zu machen. Selbst nach drei Jahren und trotz ihrer unschönen Worte damals hatte sie ihre Wirkung auf ihn nicht verloren.

„Ich werde noch mal rausfahren und nach den Pflanzen sehen. Die können bestimmt noch etwas Wasser vertragen.“ Mit einem Ruck war Joseph vom Stuhl aufgesprungen und riss Luke damit zurück ins

Jetzt. „Und ihr bleibt ruhig noch sitzen ... Im Keller gibt es genügend Quittenkompott zum Nachtisch."

Joseph schnappte sich seinen Teller und stellte ihn in die Spüle hinter sich.

„Bist du sicher, dass du nicht noch bleiben willst, Dad?", fragte Josie hoffnungsvoll nach.

„Ich bin pappsatt. Außerdem will ich wieder zurück sein, bevor es dunkel wird. Luke ..." Joseph sah mit einem verlegenen Lächeln zu seinem Sohn hinüber und stockte kurz. „Schön, dass du gekommen bist."

***

Nachdem sie fertig aufgeräumt hatten, verabschiedete auch Luke sich, um sich noch mit seinem Kumpel zu treffen. In Gedanken versunken, fuhr er die Strecke von der abgelegenen Farm seiner Eltern bis hin ins Zentrum von Gainesville, wo sich Scotts Wohnung befand. Er grübelte immer noch über Josephs Worte. Entweder war sein Dad in den letzten Tagen einer Gehirnwäsche unterzogen worden oder von Außerirdischen entführt ... Luke hatte keine Ahnung, warum sich sein alter Herr auf einmal so versöhnlich benahm.

Nach einer Viertelstunde erreichte er schließlich sein Ziel. Er parkte den Wagen vor dem Haus, ehe er ausstieg und den schmalen Weg zum Eingang nahm, wo Scott ihn bereits erwartete.

„Seid ihr schon fertig?" Überrascht schloss Scott die Tür hinter Luke und folgte ihm ins Wohnzimmer, wo ein Baseballspiel im Fernsehen lief.

„Ja, und stell dir vor, es lief echt gut", überlegte Luke laut und fuhr nach einem Blick auf die Uhr fort:

„Vielleicht fahre ich nachher doch noch zurück nach Lancaster. Es ist ja nicht so spät geworden.“

„Kommt nicht infrage. Du übernachtest hier, so wie es ausgemacht war. Wir könnten noch um die Häuser ziehen.“

Luke nickte mit einem erschöpften Lächeln, deutete dann jedoch auf den riesigen Flachbildschirm und fläzte sich anschließend lässig in den Fernsehsessel. „Gegen das Spiel und einen ruhigen Abend hätte ich aber auch nichts einzuwenden.“

Scott grinste zufrieden und streckte sich ebenfalls auf der Couch aus. „Erzähl schon, was gab’s heute zum Essen?“

„Roastbeef mit frittierten Süßkartoffeln“, antwortete Luke geistesabwesend, die Augen gebannt auf den Fernseher gerichtet.

Scott schenkte dem Bildschirm ebenfalls wieder Beachtung und so verfolgten sie für einige Minuten das Spiel.

Plötzlich sprang Luke mit einem Satz aus dem Sessel. „Jetzt weiß ich, warum es heute so gut lief! Warum komme ich erst jetzt darauf?“

Ein amüsiertes Lächeln breitete sich auf seinem Gesicht aus und er schüttelte schmunzelnd den Kopf. Dass ihm das nicht früher aufgefallen war! Seine Mom war ein Genie.

Scott sah Luke lediglich verwirrt an. Er musste ihn für verrückt halten.

„Also eins muss man meiner Mom lassen, die Idee mit den gemeinsamen Mahlzeiten ist genial. Sie hat nicht nur irgendwas *vorgekocht*, sie *manipuliert* uns damit!“ Aufgeregt lief Luke im Zimmer auf und ab.

Schnell schaltete Scott den Fernseher auf stumm und setzte sich neugierig auf. „Wie meinst du das?“

„Na, letzte Woche gab es Chili mit Cornbread, mein absolutes Lieblingsessen. Das hört sich jetzt komisch an, aber ich habe erst während des Essens gemerkt, wie sehr mir das alles hier gefehlt hat.“ Luke fuhr sich aufgeregt über das Gesicht. „Heute dann Dads Lieblingsessen. Mom hat es gerne gekocht, um Dad zu besänftigen, wenn mal was nicht so lief, wie er wollte. Und es hat offenbar funktioniert. Er war heute echt gelassen und nicht in solch einer Streitlaune wie letztes Mal. Wir haben sogar zusammen Kartoffeln geschält und gekocht!“

Scott griff nach einem Flaschenöffner und öffnete rasch zwei Flaschen Bier, die er aus einem Minikühlschrank neben der Couch hervorgeholt hatte. „Hier, trink erst mal was. Du bist ja ganz außer dir.“

Luke schnappte sich die Flasche und nahm einen tiefen Schluck. Dann stockte er und blieb mitten im Zimmer stehen. Nachdenklich runzelte er die Stirn. „Aber ich verstehe nicht, welche Rolle Charlotte bei alldem spielt. Wollte Mom, dass wir uns wieder näherkommen?“

„Gute Frage. Sie war ja nach wie vor mit ihr befreundet und vielleicht war es ihr wichtig, dass ihr die Dinge zwischen euch klärt.“

Doch Luke ignorierte die Worte seines Freundes und redete einfach weiter, dabei blickte er ihn unverwandt an. „Wo wir gerade bei Charlotte sind ... Mittlerweile habe ich erfahren, dass sie den Kleinen ganz allein großzieht.“

„Ja, echt scheiße. Aber von dem Kerl habe ich auch nichts anderes erwartet“, presste Scott ärgerlich hervor.

Luke, der gerade einen weiteren Schluck trinken wollte, hielt mitten in der Bewegung inne. „Was meinst du?“ Plötzlich war er hellwach.

„Na ja“, stammelte Scott etwas verlegen, „kaum dass du damals weg warst, ist sie mit einem Typ aus Cedar Point ausgegangen. Gut möglich, dass er der Vater ist. Sie haben ja auch eine Weile zusammengewohnt.“

Luke musste sich setzen. Hatte sich Charlotte wirklich mit dem nächstbesten Kerl über ihn hinweggetröstet? Zeitlich könnte es durchaus passen. Er war nicht naiv, für einen Moment hatte er ja selbst nachgerechnet, ob nicht sogar er infrage kam. Aber nein, Charlotte hatte das Thema Verhütung sehr ernst genommen und seine Mom hätte so ein Geheimnis nie für sich behalten.

„Warum machst du dir darüber überhaupt Gedanken? Liebst du sie etwa noch?“

Luke stutzte. Er wusste selbst nicht, warum ihn dieses Thema mehr als nötig beschäftigte. Eigentlich konnte es ihm egal sein, was seine Ex trieb, schließlich gingen sie seit drei Jahren getrennte Wege.

„Nein, natürlich nicht. Aber ich habe mich in letzter Zeit oft gefragt, ob es richtig war, einfach so zu gehen.“

„Na ja, die feine Art war es sicherlich nicht, über Nacht mit einer Reisetasche und deiner Gitarre abzuhauen.“ Scott zog tadelnd eine Augenbraue nach oben.

„Ja, das weiß ich mittlerweile auch. Aber sie haben mich in die Ecke getrieben!“

Ihr letzter gemeinsamer Abend ging ihm durch den Kopf. Verantwortungslos und träumerisch hatte Charlotte ihn genannt. Beinahe dieselben Worte, die sein Vater nur wenige Stunden zuvor benutzt hatte. Er konnte sich noch genau daran erinnern, wie sein Dad ihm in der Küche mal wieder eine seiner berühmten Moralpredigten gehalten hatte. Luke hatte sich betrogen gefühlt – als hätte man ihm ein Messer in den Rücken gejagt –, denn die beiden hatten offensichtlich an einem Strang gezogen, um ihn gemeinsam „zur Vernunft" zu bringen. Für ein Leben, das er nicht führen wollte.

„Denkst du, es war einfach für mich?", fuhr Luke verteidigend fort. „Ich hatte am Anfang kaum Geld, um den Tank zu füllen."

„Natürlich war es nicht einfach für dich und ich kann auch nachvollziehen, warum du nicht zurückgekommen bist. Du warst einfach dazu bestimmt, auf der Bühne zu stehen", erwiderte Scott nachsichtig.

Luke blickte seinen Freund von der Seite an. Er wusste Scotts Verständnis wirklich zu schätzen. Er hatte ihn immer in seiner Idee, professioneller Musiker zu werden, unterstützt. „Zu dieser Zeit wäre ich als erbärmlicher Versager zurückgekehrt. Aber diese Freude wollte ich ihnen nicht machen."

Scott nickte nachdenklich. „Ja, ich kann dich voll und ganz verstehen ... Aber letztendlich hat es sich gelohnt. Schau dich nur an!" Sein Freund beugte sich zu ihm und boxte ihm mit Stolz in den Augen gegen die Schulter.

Luke konnte sich jedoch nicht wirklich freuen, wenn er an Charlotte und Cody dachte. *Sein* Traum war mittlerweile wahr geworden, während sich seine Ex allein mit einem Kleinkind durchschlug.

Ein seltsames Gefühl beschlich ihn. War es Bedauern oder Mitgefühl? Irgendwie tat ihm der Kleine leid – er konnte am allerwenigsten etwas dafür. Und so wie es aussah, hatte der Erzeuger offenbar kein Interesse an seiner Vaterrolle.

7

„Was soll das heißen, ihr könnt nicht?"

Charlotte gab ihrer Freundin Abigail ein Zeichen und verschwand dann eilig mit dem Telefon am Ohr in der Küche. Sie wollte Cody schützen, so weit es ging, und dazu gehörte auch, ihn nicht in die Streitereien mit ihren Eltern hineinzuziehen. Es war schon so schwer genug, wenn er nach seinen Großeltern fragte.

„Dein Dad hat ein wichtiges Meeting mit Geschäftspartnern", erwiderte ihre Mutter entschuldigend am anderen Ende der Leitung.

„Aber an dem Tag ist doch Codys Geburtstag!", protestierte Charlotte fassungslos.

Nervös lief sie in der Küche auf und ab. Sie spürte, wie sich das Beben in ihrem Körper langsam in ein unkontrollierbares Zittern verwandelte. Sie fühlte sich wie ein Vulkan kurz vor dem Ausbruch.

„Kann er das Geschäftsessen denn nicht absagen?", fragte sie nun um einen ruhigen Tonfall bemüht, ihre Stimme klang jedoch gereizt und hoch.

„Tut mir leid, Schatz, aber du weißt doch, wie viel ihm diese Beförderung bedeutet. Es ist wirklich wichtig."

Langsam schüttelte Charlotte den Kopf. Sie hörte den Erklärungen ihrer Mutter kaum noch zu und legte nach einem kurzen Abschiedsgruß auf.

Wie gelähmt öffnete sie die Küchentür und ging zurück zu Cody und Abigail. Die Lust auf ihren gemeinsamen Ausflug an diesem Samstagmorgen war ihr gehörig vergangen.

Abigail musste ihr ansehen, wie das Gespräch gelaufen war, denn sie schlug in sanftem Tonfall vor: „Wir können auch hierbleiben, Cody spielt gerade so schön."

Doch Charlotte schüttelte entschieden den Kopf. Sie würde die Absage ihrer Eltern und den Ärger, den sie deswegen empfand, nicht auf Cody abwälzen. „Nein, lass uns zusammenpacken und zum Park fahren. So weit kommt es noch, dass wir uns davon den Tag vermiesen lassen!"

„Wie du willst ... Ach, wenn ich dir doch nur irgendwie helfen könnte. Dein Vater ist einfach unmöglich!"

Auch wenn Charlotte es niemals zugegeben hätte, saß die Ablehnung ihres Vaters immer noch tief. Ihr einst sehr gutes Verhältnis hatte sich mit ihrer ungewollten Schwangerschaft komplett verändert.

„Du weißt doch, wie er ist. Für ihn zählen nur Leistung und Karriere. In seinen Augen war meine teure Ausbildung für die Tonne."

Abigail schüttelte verständnislos den Kopf. „Aber du kannst doch später immer noch was anderes machen als Kellnern!"

Charlottes Gedanken wanderten zu ihrem Vater, der es ihr bis heute nicht verziehen hatte, dass sie ihr Leben „so einfach weggeschmissen" hatte. Er hätte ihr in der Firma nur allzu gerne eine Stelle angeboten und mit ihrem Abschluss in Wirtschaft war sie perfekt dafür geeignet gewesen. Aber mit ihrem dicken Bauch hatte sie in Kalifornien nicht aufschlagen brauchen – in diesem Punkt war er damals mehr als deutlich gewesen.

Charlotte verstaute einige Snacks und Getränke in einer Strandtasche und schnappte sich dann die Picknickdecke. Sie wollte jetzt nicht mehr an diese Zeit denken. „Lass uns endlich gehen, das Wetter ist herrlich."

Abigail schnappte sich Cody und zog ihm die Jacke an, während Charlotte nach draußen ging und die Tasche im Auto verstaute. Kurz darauf fuhren sie los.

Nur wenige Autominuten später erreichten sie den idyllischen Park, der sich in einem Natur- und Tierschutzgebiet befand und sowohl bei Kindern als auch Eltern sehr beliebt war. Bereits vom Parkplatz aus konnte Charlotte ausgelassene Kinderstimmen hören.

„Beinahe wie früher", schwärmte Abigail mit einem verträumten Blick auf das Eingangstor. „Schau, dort hinten gibt es sogar noch diesen Müllschlucker am Haus, der alles einsaugt!"

„Ja, mit dem hat Cody schon Bekanntschaft gemacht." Amüsiert lachte Charlotte auf. „Er konnte gar nicht so schnell gucken, wie sein Schnuller weg war!"

„Nein, du hast Willi mit deinem Schnuller gefüttert?" Abigail hob sich Cody auf die Hüfte und kitzelte ihn am Bauch, woraufhin der Kleine freudig gluckste. „Aber heute hat er Pech, stimmt's? Deine Schnullis hat alle der Storch mitgenommen."

„Eis füttern!", stellte Cody mit fester Stimme klar und zeigte zum Kiosk.

„Ja, mein Schatz", erwiderte Abigail mit einem Schmunzeln, „ein wenig Eis wird Willi nicht schaden."

Mit einem zufriedenen Lächeln auf den Lippen warf sich Charlotte die Strandtasche über die Schulter und folgte Abigail und Cody durch das Tor. Vielleicht war es doch gut, dass sie sich auf den Weg gemacht hatten. Etwas Ablenkung nach den anstrengenden letzten Tagen tat ihnen sicherlich gut.

Nach wenigen Metern erreichten sie die Hütte mit den Schaubrutkästen. Letztes Jahr, als sie mit Becky hier gewesen war, hatte Cody nicht viel mitbekommen. Er war noch zu klein gewesen und immer wieder in seinem Buggy eingeschlafen. Aber heute war er nicht aufzuhalten und entdeckte schnell ein Küken, das gerade dabei war zu schlüpfen.

Abigail stellte den aufgeregten Cody wieder auf die Füße und klebte dann selbst förmlich an der Scheibe. Ihre Augen leuchteten, als sie mit dem Finger auf eines der kleinen gelben Federballen deutete. „Oh, sind die süß. Schau, Cody, da ist noch eins!“

Mit großen Augen verfolgte und kommentierte der Kleine jede Bewegung hinter der Scheibe. Charlottes Herz floss vor Liebe über, als sie ihren Sohn beobachtete. Wenn er glücklich war, war sie es auch.

***

Einige Zeit später saßen sie in der Bimmelbahn, die durch den ganzen Park führte. Während Cody seine Nase an die Scheibe drückte, um nichts zu verpassen, setzte sich Abigail Charlotte gegenüber und seufzte erschöpft. „Das Sitzen tut wirklich gut.“ Dann bemerkte sie mit einem Augenzwinkern: „Und ich habe endlich die Gelegenheit, dich auszuquetschen!“

„Du meinst wegen des Abendessens gestern?“, fragte Charlotte, die Cody sicher mit ihrem Arm umfangen hielt.

Abigail lächelte breit. „Das auch, aber vor allem wegen Luke. Wie läuft es mit ihm?“

„Besser, als ich gedacht hätte“, erwiderte Charlotte und verzog dann das Gesicht zu einem Grinsen. „Zumindest sind wir uns noch nicht an die Gurgel gegangen!“

„Ach komm schon, das meinte ich nicht. Wie ist es, ihn nach so langer Zeit wiederzusehen?“

„Ehrlich gesagt merke ich keinen Unterschied. Er fährt immer noch schnell aus der Haut und ist viel zu empfindlich.“ Charlottes Gedanken wanderten zu Luke, denn es hatte einmal eine Zeit gegeben, in der sie sein temperamentvolles Wesen sehr anziehend gefunden hatte.

Abigail sah ihre Freundin lediglich fragend an.

„Na ja, er und sein Dad sind gleich beim ersten Essen aneinandergeraten“, klärte Charlotte ihre Freundin auf. Diese nickte verstehend.

„Das ist wirklich blöd … Dass die beiden sich nicht wenigstens jetzt zusammenraufen können!“

„Wem sagst du das.“

„Und sonst?“, bohrte Abigail weiter. „Knistert es denn nicht zwischen euch?“

Charlottes Blick sprach Bände. Aber wie sollte sie ihrer besten Freundin erklären, dass sie ihren Exfreund trotz allem immer noch verdammt sexy fand?

„Ach, er hat sich ganz gut gehalten“, erwiderte sie stattdessen in beiläufigem Tonfall.

„Gut gehalten? Wie soll ich denn das verstehen?“ Abigail prustete laut aus.

„Ich habe mir vor Kurzem Fotos im Internet angesehen“, flüsterte Charlotte mit beschämtem Lächeln. „Auf einem sieht er aus wie Scott Eastwood als Rodeoreiter.“

„Ich liebe diesen Film ... Moment mal, du hast mir nie erzählt, dass er reiten kann.“

Charlotte lehnte sich verschwörerisch zu Abigail rüber und senkte dann die Stimme. „Ich verrate dir jetzt ein Geheimnis – kann er auch nicht!“

Die beiden Freundinnen kringelten sich vor Lachen, als die Bimmelbahn nun in rasantem Tempo durch ein kleines Wäldchen sauste.

„Na, warte nur ab, vielleicht gehört das jetzt zum Rekrutierungsprogramm für Countrysänger“, erwiderte Abigail übermütig.

Charlotte hielt sich vor Lachen den Bauch. „Genauso wie verträumt auf einem Lattenzaun zu sitzen?“

Cody, der auf ihrem Schoß saß, fiel nun ebenfalls in ihr Lachen ein.

„Dir wird wohl nichts anderes übrig bleiben, als Luke danach zu fragen!“

Bei dem Gedanken daran, Luke nach einem Knigge-Kurs für angehende Countrysänger zu fragen, musste sie innerlich schmunzeln. Wie viel Zeit sie wohl gebraucht hatten, um ihm das passende Image anzudichten? Wahrscheinlich hatte man Luke auch die passenden Stiefel und Flanellhemden vorgelegt und ihm eine kleine Lektion im Westernreiten sowie Posieren gegeben.

***

Mit Schwung hievte Joseph eine Kiste voller Gemüse und Früchte von der Ladefläche seines Trucks, dann lief er mit schweren Schritten zum Marktgelände. Zu dieser Jahreszeit, wenn der Mais und die Süßkartoffeln noch nicht abgeerntet waren, konnte er glücklicherweise auf den Ertrag des Gewächshauses zurückgreifen. Neben Blattsalaten hatte er auch einige Bund Radieschen und mehrere Schalen Beeren eingepackt. Mit den Eiern hatte er heute Morgen nicht viel Glück gehabt und war gerade so auf zwei Dutzend gekommen. Auf die hübschen Schnittblumen, die sonst nie gefehlt hatten, mussten seine Kunden ab heute allerdings verzichten, ebenso auf die Marmeladen oder Kompotts, die Becky gerne mit dazugestellt hatte. Er würde sich hüten, davon etwas zu verkaufen.

Joseph trug die Kiste zu seinem Stammplatz, einem fest installierten Stand, der etwas geschützt unter einer ahornblättrigen Platane stand. Gewissenhaft fegte er einige Blätter von dem Tisch und breitete dann das graue Wachstuch mit den weißen Polkadots darüber aus.

In wenigen Minuten hatte sich der triste Betontisch in einen ansprechenden Stand verwandelt, der schon von Weitem die Blicke auf sich zog. Er war vielleicht nicht ganz so liebevoll geraten, wie Becky es immer geschafft hatte, aber Joseph war trotzdem mit seinem Werk zufrieden.

Zu dieser frühen Stunde war noch nicht viel los, denn er war einer der Ersten gewesen, der mit dem Aufbau begonnen hatte. Und bis auf eine Handvoll Besucher, die ihren Samstagseinkauf gerne vor dem großen Andrang erledigten, war es auf dem Marktgelände recht ruhig.

Joseph gab seinem Standnachbarn ein Zeichen und verschwand noch mal zum Parkplatz, wo er aus dem Auto einen Klappstuhl und eine kleine Kühltasche mit Proviant holte.

Bei dem Gedanken, dieses Mal ganz alleine auf dem Markt zu sein, beschlich ihn ein seltsames Gefühl. Becky und er hatten ihren Stand sonst nie länger als ein paar Sekunden aus den Augen gelassen.

Eilig marschierte Joseph wieder zurück, stellte den Klappstuhl auf und machte es sich darin mit einem Rosinenbrötchen bequem. Wenige Minuten später erkannte er in der Ferne auch schon eine Stammkundin aus dem Nachbarort, die geradewegs auf ihn zusteuerte. Er konnte sie nicht leiden, denn sie gehörte zu jenen Leuten, denen geschenkt noch zu teuer war.

Schnell ließ er das Rosinenbrötchen in der Tüte verschwinden und stand auf, als sie vor seinem Tisch stehen blieb. Interessiert besah sie sich die Auslage und reckte suchend den Kopf, bevor sie nach einem Schälchen Heidelbeeren griff, es jedoch wieder zurücklegte.

„Sagen Sie, gibt es heute keine Marmelade?“, fragte sie plötzlich ohne Umschweife.

Joseph zwang sich, freundlich zu bleiben, und rang sich ein Lächeln ab. Er hatte darin nicht viel Übung, schließlich hatte Becky sonst immer mit den Leuten geredet.

„Guten Morgen. Nein, die gibt es ab heute leider nicht mehr.“

„Na, das hätten Sie mir aber auch früher sagen können. Ich bin nur deswegen hier rausgefahren“, erwiderte die Frau nun sichtlich enttäuscht und warf ihm einen missbilligenden Blick zu. „Vielleicht lässt sich Ihre Frau ja wieder umstimmen?“

Schlagartig versteifte sich Joseph. Nur mit Mühe presste er die nächsten Worte heraus. „Mit Sicherheit nicht.“

Pikiert sah die Frau ihn an, griff dann erneut nach dem Schälchen mit den Heidelbeeren und beäugte den Inhalt kritisch. Nachdenklich verzog sie die Lippen, bevor sie es wieder zurückstellte.

Joseph hatte langsam genug von diesem Geplänkel, weswegen er genervter reagierte als beabsichtigt. „Kaufen Sie jetzt etwas oder wollen Sie der Quittenmarmelade weiter hinterhertrauern?“

Empört klappte die Frau den Mund auf und zu, während sie sich ungläubig umsah. „Also ich darf doch bitten. So eine Frechheit ist mir ja noch nie begegnet! Ich frage mich wirklich, was Ihre Frau sich dabei gedacht hat, ausgerechnet *Sie* mit dem Stand alleine zu lassen.“

Da Joseph nicht gerade dafür bekannt war, in Stresssituationen gelassen zu bleiben, fuhr er die Frau an. „Und mir ist es ein Rätsel, warum Ihr Mann so einen Drachen wie Sie nicht an die Leine nimmt!“

Joseph setzte sich zurück in den Klappstuhl, griff nach der Thermoskanne und schenkte Kaffee in den Deckel ein – sein Signal, dass die Diskussion für ihn beendet war. Es kümmerte ihn nicht, dass die Frau wie ein Fisch an Land nach Luft schnappte und knallrot anlief, im Gegenteil. Voller Genugtuung beobachtete er, wie sie sich ein letztes Mal echauffierte und dann wütend davoneilte. Diese alte Schachtel war er wohl für immer los.

Wenige Augenblicke später kam Daniel auf ihn zu. Er hatte ihn seit ihrem Angelausflug nicht mehr getroffen und schlagartig hellte sich seine Miene auf.

„Du glaubst gar nicht, wie sehr ich mich freue, dich zu sehen!", rief Joseph ihm schon von Weitem zu. „Bis jetzt sind mir nur Verrückte untergekommen."

Mit fragend hochgezogenen Augenbrauen kam Daniel näher. „Alles klar? Viel verkauft hast du heute aber noch nicht", bemerkte er nach einem Blick auf den Tisch.

„Diese alte Schachtel eben kam nur wegen der Marmelade."

Mit einem Schmunzeln auf den Lippen kam Daniel um den Tisch herum und klopfte Joseph freundschaftlich auf die Schulter. „Welche alte Schachtel?", fragte er und sah seinen Freund interessiert an.

„Dieser aufgetakelte Hausdrachen, der bis vor ein paar Minuten noch hier stand. Sie kam nur wegen der Quittenmarmelade. Als ich dann sagte, dass es ab sofort keine mehr gebe, wurde sie noch unverschämt!"

Daniel nickte verständnisvoll. „Kann ich gut verstehen, dass du die verbliebenen Einmachgläser von Becky hütest wie einen kostbaren Schatz. Aber irgendwie scheint heute generell nicht viel los zu sein oder täusche ich mich?" Skeptisch sah sich Daniel um.

„Kann schon sein. Heute ist doch das Stadtfest in Cedar Point. Hat schon am Vormittag mit 'ner großen Zeremonie angefangen ... Oder es traut sich niemand mehr an meinen Stand."

Die mitleidigen Blicke waren Joseph natürlich nicht entgangen. Einige Stammkunden waren zwar zu ihm gekommen, nachdem besagter Drachen den Stand wieder verlassen hatte, hatten jedoch nicht recht gewusst, was sie sagen sollten.

„Ach, das wird schon wieder. Ich hoffe, es läuft wenigstens mit euren Essen“, setzte Daniel betont lässig hinzu.

Joseph nickte bedächtig. „Wir hatten gestern das zweite Dinner. Ich muss zugeben, es lief gar nicht mal so schlecht. Trotzdem bin ich froh, wenn alles rum ist. Ich will endlich wieder Ruhe in meinem Haus. Es fühlt sich an, als würde Becky bei jedem Essen zuschauen und von oben über uns urteilen.“

„Komm schon, so schlimm kann es doch nicht sein. Josie freut sich bestimmt riesig, dass Luke wieder regelmäßig kommt ... Und du kannst mir nicht sagen, dass du nicht gerne in Gesellschaft bist. Der kleine Cody bringt dich doch auch auf andere Gedanken!“

Ein flüchtiges Lächeln huschte über Josephs Lippen. „Ja, ich würde den kleinen Fratz schrecklich vermissen, wenn Charlotte nicht mehr vorbeikäme. Jetzt, wo Becky nicht mehr da ist“, Joseph stockte kurz und schluckte schwer, „hat auch sie keinen Grund mehr, zu uns rauszufahren.“

Daniel sah ihn mitleidig an. „Sag das nicht. Du weißt doch, dass sie dich mag. Außerdem hatte sie in den letzten Monaten mehr Kontakt zu euch als zu *ihren* Eltern.“

„Ja, das stimmt. Bin allerdings gespannt, wann zwischen ihr und Luke die Bombe platzt. Die beiden schleichen schon die ganze Zeit umeinander herum.

Die jungen Leute denken, ich krieg nicht mit, wie sie sich sehnsüchtige Blicke zuwerfen, aber da irren sie sich“, klärte er seinen Freund weiter auf, der ihn jedoch nur wissend angrinste.

Joseph nahm einen großen Schluck Kaffee aus seinem Becher und sah sich dann um. Mittlerweile hatte sich der Marktplatz schön gefüllt, vielleicht würde er doch nicht mit leeren Händen nach Hause gehen.

Schnell sprang er auf, als eine junge Frau an den Stand herantrat.

„Gott sei Dank, Sie haben noch Blaubeeren! Dann wird mich das Festkomitee doch nicht lynchen!“

Mit fragendem Blick sah Joseph die sympathische Frau an.

„Ich habe mich als Freiwillige für das Kuchenbuffet gemeldet und bräuchte all Ihre Blaubeeren“, erklärte die Brünette mit einem entschuldigenden Lächeln.

„Oh, Sie kommen aus Cedar Point?“, fragte Joseph interessiert nach, als er die Schalen vorsichtig in eine Holzkiste packte.

„Ja, genau. Ich bin Musiklehrerin an der Cedar High und bis heute Nachmittag gibt es noch viel zu tun.“

„Na dann wünsch ich Ihnen gutes Gelingen. Meine Heidelbeeren sind perfekt zum Backen.“

„Da bin ich mir sicher, Mister!“

Die junge Frau warf Joseph ein dankbares Lächeln zu, bezahlte und marschierte anschließend zum Parkplatz.

Amüsiert sah Daniel seinen besten Freund an. „Na geht doch, du Charmebolzen. Habe ich dir nicht gesagt, es wird schon wieder?“

***

Am Vormittag vor seinem Auftritt öffnete Luke mit einem wehmütigen Lächeln den Koffer, in dem sich seine wertvollste Gitarre befand, holte sie vorsichtig hervor und betrat die Bühne seines Clubs. Konzentriert stimmte er das Intro seines neuen Songs an. Doch obwohl er die Chords im Schlaf konnte und die Melodie sehr eingängig war, gab es gleich zwei Probleme: Er hatte noch keinen Titel für das Lied und, was viel schlimmer war, er war tierisch aufgeregt. Aber irgendetwas drängte ihn danach, den Song heute endlich zu bringen.

„Täusche ich mich oder hört sich dein Song anders an?"

Überrascht riss Luke die Augen auf und entdeckte Trace hinter dem Bartresen. „Was machst du denn schon hier?"

„Wie eine herzliche Begrüßung hört sich das aber nicht an, Boss!", erwiderte er lachend.

„Sorry, aber ich habe dich nicht kommen hören."

Interessiert kam Trace näher und nahm dann am Bühnenrand Platz. „Der Song war ja schon vor einem Monat perfekt, aber jetzt?" Trace schien angestrengt zu überlegen. „Es ist dieses Gefühl, das du reinlegst, dieser Schmerz ... als wäre er echt."

Wenn Trace wüsste, wie echt dieser Schmerz tatsächlich war. Für einen Moment war er versucht, ihn aufzuklären, biss sich jedoch auf die Zunge. Es ging schließlich niemanden etwas an, ob der Song am Reißbrett entstanden war oder seine eigene Gefühlslage wiedergab.

„Ja, ich habe ihn noch etwas abgeändert. Mal sehen, wie er ankommt", antwortete Luke skeptisch.

„Sag bloß, du zweifelst an dir." Trace wandte sich jetzt ganz seinem Boss zu. „Du hast auf den größten Bühnen des Landes gespielt und einen Preis nach dem anderen abgeräumt!"

„Ja, schon, aber dieser Song ist anders."

„Was ja nicht schlecht sein muss."

Luke ließ Trace' Worte unbeantwortet im Raum stehen und packte stattdessen die Gitarre in den Koffer, dann sah er sich prüfend um. Es wartete noch einiges an Arbeit auf sie, denn dem Ticketvorverkauf nach zu urteilen, würde der Laden heute brechend voll sein.

„Ich bin gespannt auf heute Abend. Wir hatten noch nie so ein volles Programm", bemerkte Luke mit Sorge in der Stimme.

„Ach, das klappt schon", erwiderte Trace voller Zuversicht. „Wir müssen halt aufpassen, dass jeder seinen Krempel gleich wegräumt. Sonst wirds eng."

Luke nickte zustimmend. Es waren mehrere Gigs geplant und er freute sich schon darauf, seine ehemaligen Bandmitglieder zu sehen. Zwar hatten sie mittlerweile andere Arrangements gefunden, würden aber heute Abend ebenfalls auftreten. Glücklicherweise nahmen sie ihm seinen Austritt nicht übel. Im Gegenteil, sie waren ganz begeistert, dass er jetzt seinen eigenen Club hatte.

Ein lautes Klopfen an der Hintertür riss ihn aus seinen Gedanken.

„Oh, das Bier ist endlich da!" Trace sprang auf und eilte davon.

In letzter Minute hatte sich Luke für eine weitere Lieferung entschieden. Nicht auszudenken, was passierte, wenn sie heute Abend auf dem Trockenen saßen.

Er folgte Trace in die Küche und verließ das Gebäude ebenfalls durch die Hintertür, vor der ein riesiger Truck des Getränkehändlers parkte.

„Ich bin echt froh, dass es so kurzfristig geklappt hat", bemerkte Luke mit einem dankbaren Lächeln, als er auf den Fahrer zuging und ihm dann die Hand schüttelte. „Es wäre eine Katastrophe, wenn uns heute das Bier ausgehen würde."

„Genau meine Devise, lieber zu viel als zu wenig", erwiderte der Lieferant amüsiert.

Luke nickte zustimmend und marschierte dann zur Ladefläche, um Trace zu helfen. Dieser hatte schon mehrere Kisten auf einer Sackkarre gestapelt und machte sich auf den Weg zum Kühlraum.

In der Zwischenzeit war der Fahrer auf die Rampe geklettert, um die verbliebenen Kisten nach vorne zu schieben.

„Na, Sie haben heute Abend ja mächtig was vor", sagte dieser, als er seinen Lieferschein nochmals überprüfte, um sicherzustellen, dass die Lieferung vollständig war.

Luke nickte bestätigend. „Kommen Sie doch vorbei, ich würde mich freuen", erwiderte er freundlich.

„Vielleicht mach ich das wirklich. Meine Frau liegt mir schon die ganze Zeit in den Ohren, dass wir nichts mehr unternehmen. Das wär bestimmt ihr Ding und mal was anderes als unser übliches Samstagabendprogramm."

„Prima. Und ich verspreche Ihnen, Sie werden nicht enttäuscht sein."

Der Fahrer schenkte Luke ein verbindliches Lächeln und verschwand dann wieder im Inneren des Trucks.

„Ist es noch viel? So langsam geht uns da drinnen der Platz aus!“, rief Trace schon von Weitem und kam mit einem Schmunzeln auf Luke zu. „Also wenn das nicht reicht, dann weiß ich auch nicht.“

Luke, der gerade den letzten Kasten Budweiser von der Ladefläche hievte, drehte sich nach Trace um. „Das hier ist der Rest ... und dann noch den Whiskey.“

„Stimmt, den habe ich ganz vergessen!“ Trace schlug sich auf die Stirn. „Bist du sicher, dass du nicht zu viel bestellt hast, Boss?“

„Vorsicht ist besser als Nachsicht“, erwiderte Luke mit einem Zwinkern und merkte selbst, dass er in diesem Moment wie Joseph klang. Früher hatte er die Phrasen seines Dads gehasst, besonders diejenigen, die sich um frühes Aufstehen oder Arbeiten drehten. Mittlerweile sah er die Dinge jedoch anders – vermutlich weil er mit der Zeit erkannt hatte, dass sich die Mühen auch immer auszahlten.

„Lass uns den Rest reintragen und dann gönnen wir uns eine Kostprobe von dem Single Malt“, schlug Luke gut gelaunt vor. Er konnte es selbst kaum noch erwarten, bis endlich Abend war und die Show begann.

Trace legte eine Unschuldsmiene auf. „Du bist der Boss und wenn du sagst, dass wir den Whiskey erst testen müssen, dann soll's mir recht sein!“

Wenige Minuten später war die schwere Holzkiste voller Whiskeyflaschen im Lager verstaut und der Fahrer auf dem Weg zurück zur Brauerei.

„Wirklich ein edler Tropfen“, bemerkte Trace anerkennend, als Luke jetzt eine Flasche aus der Holzkiste entnahm.

„Ja, ich dachte, wir probieren mal was Neues aus“, erwiderte er lächelnd und verließ dann das Lager in Richtung Bar. Dabei wirkten die beiden wie zwei kleine Jungs, die gerade etwas Verbotenes ausheckten. Voller Vorfreude entkorkte Luke die Flasche und die Männer gönnten sich endlich ihre wohlverdiente Kostprobe.

„Wirklich gut. Der ist jeden Cent wert“, murmelte Luke gedankenverloren, während er die goldene Flüssigkeit im Glas kreisen ließ.

„Wenigstens einer, der mich versteht. Und pur schmeckt er am besten. Trotzdem wette ich mit dir, dass heute Abend wieder nur *Mixgetränke* über den Tresen gehen werden.“

Luke schnaubte amüsiert. „Ach komm schon, es macht dir doch Spaß, den Ladys einen *Manhattan* zu mixen.“

„Du kennst mich einfach zu gut, Boss“, antwortete Trace mit einem schiefen Grinsen. „Lieber den Ladys als einer Horde Cowboys!“

„Hätte mich auch schwer gewundert, Kumpel.“

Luke schenkte seinem Mitarbeiter ein belustigtes Lächeln und stand dann vom Barhocker auf, drehte sich aber noch einmal zu Trace um. „Weißt du was? Leg dir eine Flasche Whiskey für daheim zur Seite ... als kleines Dankeschön.“

„Wirklich? Das ist ja nett, danke!“

„Und das Mindeste. Ohne dich wäre ich aufgeschmissen“, erwiderte Luke bestimmt und klopfte Trace auf die Schulter.

Mittlerweile verband die beiden mehr als nur ein reines Arbeitsverhältnis, denn Trace war nicht nur zu einem Freund, sondern auch zu seinem wichtigsten Berater geworden, wenn es ums *Bluebird* ging. Er war dankbar, dass Trace diese Leidenschaft mit ihm teilte. Gleichzeitig überkam ihn jedoch ein tiefes Bedauern, dass seine Familie von alldem nichts wusste. Dass sie sich nicht für sein Leben und die Musik interessierte. Es war, als lebten sie in unterschiedlichen Welten.

8

Sonntagabends saß Luke gerade an dem üblichen Papierkram, der im Club anfiel, als Jeff Whitfield mit einem gönnerhaften Klatschen das *Bluebird* betrat. „Ich bin beeindruckt! Dein Auftritt letztes Wochenende war episch!"

Widerwillig legte Luke den Stift aus der Hand und wandte sich seinem ehemaligen Manager und Plattenboss zu. Wie immer trug dieser eine gelb getönte Sonnenbrille und ein schwarzes Jackett.

„Jeff, lange nicht mehr gesehen."

„Deswegen komme ich dich ja besuchen", erwiderte er mit einem schmierigen Lächeln. „Du hast dich in letzter Zeit ziemlich rar gemacht." Jeff sah sich neugierig um. „Das hier ist also dein Club?"

„Jep, so sieht's aus."

„Ehrlich gesagt, ich verstehe immer noch nicht, warum du lieber hier versauerst, als auf Tour zu gehen."

Luke atmete tief durch und klappte dann seinen Laptop zu. Mit seiner Buchhaltung war er vorerst fertig, denn hier hatte er es mit einem weitaus größeren Übel zu tun.

„Was willst du, Jeff?"

„Ich habe mich gefragt, ob du nicht mal wieder Bock auf eine Platte hast." Wie selbstverständlich setzte sich Jeff zu Luke an den Tisch und sah ihn abwartend an.

Luke atmete hörbar aus. Er konnte nicht glauben, dass sich sein Auftritt tatsächlich bis nach Nashville herumgesprochen und sogar Jeffs Aufmerksamkeit erregt hatte. Aber eigentlich sollte er es besser wissen, Jeff Whitfield war schließlich dafür bekannt, dass er sich wie ein Aasgeier auf vielversprechende Songs stürzte.

„Sorry, kein Bedarf. Ich frage mich, wann du das endlich kapierst."

Luke hatte nach zwei Jahren auf Tournee einfach eine Auszeit gebraucht. An manchen Abenden hatte er nicht mal mehr gewusst, in welcher Stadt sie sich gerade befanden. Die unendlichen Stunden auf der Straße und die kurzen Nächte nach den Aftershow-Partys hatten zusätzlich an seinen Kräften gezehrt.

„Komm schon, so schlimm war es doch auch nicht", entgegnete Jeff mit charmantem Lächeln. „Der ganze Rummel hat dir doch gefallen!"

„Es gibt Wichtigeres als Ruhm und einen Nummer-eins-Hit in den Billboards." Wie recht er damit hatte, wusste er selbst erst seit Kurzem.

„Ja klar", brummte Jeff mit einem verständnislosen Kopfschütteln. „Dann verkauf mir wenigstens die Rechte an deinem neuen Song, wenn du schon nicht selbst auf die Bühne willst."

„Nein, keine Chance!", erwiderte Luke in einem Tonfall, der keine weitere Diskussion zuließ.

Voller Genugtuung bemerkte er, wie sich das selbstgefällige Grinsen aufs Jeffs Gesicht verflüchtigte. Am liebsten hätte er ihm auch noch unter die Nase gerieben, dass er genügend weitere Songs für ein ganzes Album in der Tasche hatte.

„Dann mach nur weiter einen auf Wirt. Ich glaube kaum, dass dich das auf Dauer reich macht."

„Reich vielleicht nicht, aber immerhin habe ich so ein zweites Standbein. Wir beide wissen doch am besten, wie schnell sich das Blatt in der Musikbranche wenden kann."

Jeff verdrehte entnervt die Augen. „Dass du mir diese Klage immer noch nachträgst."

„Ich musste mich aus unserem Vertrag herauskaufen, schon vergessen?" Luke erinnerte sich voller Missmut an den Knebelvertrag, der weitere zwölf Monate auf Tournee und ein zusätzliches Album vorgesehen hatte. Nur mit Mühe, viel Geld und einem verdammt guten Anwalt hatte er sich aus diesem Deal befreien können.

„Nimm es nicht persönlich, schließlich ging es nur ums Geschäft", erwiderte Jeff beleidigt. „Aber du könntest mir einen Gefallen tun und mir die Nummer von der Kleinen geben, die hier immer mal wieder auftritt."

Luke sah Jeff argwöhnisch an, als ihm klar wurde, dass er von seiner neuesten Entdeckung sprach. „Du meinst Kasey Rhiley?"

„Keine Ahnung, wie sie heißt. Die mit den engen Jeans und der Lockenmähne", erwiderte Jeff ungeduldig.

Langsam, aber bestimmt schüttelte Luke den Kopf. „Nein, ich werde dir ganz sicher nicht dabei helfen, sie zur Schlachtbank zu führen."

„Bist du etwa ihr Bodyguard, oder was?" Es war Jeff deutlich anzusehen, dass ihm Lukes Ansage bitter aufstieß. Mit einem nervösen Lachen fuhr er sich durch das Haar. „Du stellst mich hin wie ein Monster!"

Luke konnte sich nur mit Mühe ein Grinsen verkneifen, denn sein ehemaliger Manager wirkte mit seiner getönten Sonnenbrille und dem zotteligen Haarschnitt tatsächlich wie ein gelbäugiges Monster.

„Ach, Jeff, sei doch nicht so empfindlich", entgegnete Luke gelassen. „Wie sagst du immer so schön? ‚Es geht doch nur ums Geschäft.'"

Ruckartig preschte Jeff mit seinem Stuhl nach hinten, sprang auf und funkelte Luke böse an. „Das wirst du noch bereuen!"

Doch Luke lächelte nur, von Jeffs Drohung gänzlich unbeeindruckt. Die Zeiten, in denen er sich von ihm hatte einschüchtern lassen, waren schon lange vorbei.

Wenige Minuten später verließ der mächtigste Plattenboss Nashvilles das *Bluebird* mit einigen wüsten Worten und Luke setzte sich wieder vor seinen Laptop. Nie wieder würde er sich mit einem Vertrag an Whitfield binden. Mittlerweile war er schlauer. In seiner anfänglichen Euphorie hatte er die fragwürdigen Klauseln von damals einfach ignoriert.

Seine Gedanken wanderten zu Charlotte. Er hatte während dieser turbulenten Zeit oft an sie gedacht, besonders wenn er stundenlang wach gelegen hatte. Er würde sich wohl nie an eine Schlafkoje im Bus oder wechselnde Hotelzimmer gewöhnen.

In einer Nacht, als ihn das Heimweh eiskalt gepackt hatte, hätte er beinahe zum Handy gegriffen und sie angerufen, doch jetzt war es zu spät. Er hatte all die Menschen, die ihm einmal wichtig gewesen waren, verloren.

9

„Gott sei Dank hat deine Mom das Rezept aufgeschrieben.“ Charlotte nahm Josie den Einkaufskorb aus der Hand, als diese am nächsten Freitag durch die Tür und direkt in Charlottes kleine Küche marschierte. „Nicht auszudenken, wenn es nie wieder ihren berühmten Makkaronisalat gegeben hätte.“

„Ja, das wäre echt schade. Ehrlich gesagt kann ich mir bis heute nicht merken, was da alles reinkommt“, erwiderte Josie entschuldigend und verzog das Gesicht.

„Dafür hast du ja zum Glück das Kochbuch.“ Charlotte lächelte, als sie den Korb am Boden abstellte. „Und die Idee ist super. Der Salat passt perfekt zum Barbecue morgen.“

Vorsichtig zog Josie das mit Zitronen bedruckte Notizbuch aus ihrer Umhängetasche und strich liebevoll über den Einband. „Weißt du, dass mir Moms Kochbuch mehr bedeutet als all die anderen Erinnerungen?“

„Ja, das verstehe ich“, bemerkte Charlotte wehmütig. „Mit all den Notizen und Fotos darin wirkt es fast wie ein Tagebuch.“

Ihr Blick fiel auf den Einband, der mit blassen Flecken übersät war – vermutlich durch Wasser oder Kaffee verursacht. Auf den einzelnen Buchseiten zeigten sich weitere Gebrauchsspuren. Sie waren zum Teil stark abgegriffen und vergilbt, einige Beilagen sogar zerfleddert. Unter Beckys Sammelsurium befanden sich auch etliche Ausrisse aus Kochzeitschriften sowie Fotos.

„Schau mal, hier gibt es sogar ein Thanksgiving-Special." Aufgeregt blätterte Josie mehrere Seiten durch. „Und Moms Süßkartoffelauflauf ist auch dabei!"

„Unglaublich, sogar mit Fotos vom Buffet!" Charlotte betrachtete das Bild genauer und Erinnerungen an ein längst vergessenes Thanksgivingfest vor über fünf Jahren brachen über sie herein. In jenem Jahr hatte sie den Feiertag zum ersten Mal ohne ihre Eltern verbracht, da sich diese geschäftlich in Europa aufgehalten hatten, und so war aus einer offiziellen Einladung zum Essen gleich ein ganzes Wochenende geworden. Charlotte lag der Geschmack der Kürbiscremesuppe noch immer förmlich auf der Zunge ... Auch Lukes verliebten Blick und seine zaghaften Berührungen unter dem Esstisch hatte sie noch genau im Gedächtnis.

„Schau mal, hier hat Mom sogar ein Rezept für Cody hinterlegt." Josie hielt ihr aufgeregt das Buch hin.

Überrascht sah Charlotte auf und beim Anblick der Rezeptkarte mit Widmung kamen ihr Tränen. „Brotpudding – Codys Lieblingsnachtisch ..."

Josie strich ihr Trost spendend über die Schulter. „Ich befürchte, du wirst in nächster Zeit ziemlich viel zu tun haben ... Ich bin eine miserable Köchin." Dann grinste sie schief und fügte hinzu: „Und ich will alles nachkochen!"

„Kein Problem, Josie. Du bist jederzeit willkommen. Ich freue mich doch, wenn du vorbeikommst – und Cody auch, stimmt's, mein Schatz?"

Wie auf Kommando schenkte Cody seinem Gast ein strahlendes Lächeln und schnappte sich dann eine rote Paprika aus dem Korb.

Trotzdem wurde Charlotte das Gefühl nicht los, dass es heute um mehr als nur Kochen ging. Sie hatte Josie auf den ersten Blick angesehen, dass sie geweint hatte, denn ihre Augenlider waren leicht angeschwollen und das Gesicht trotz Make-up fleckig gewesen.

„Dann lass uns anfangen. Zuerst sollten wir die Nudeln aufsetzen, damit sie Zeit zum Abkühlen haben."

Schnell schlug Josie die entsprechende Stelle im Kochbuch auf. „Genau, so steht es hier auch ... und danach werden die Eier gekocht."

„Ok, wird gemacht. Du und Cody könnt euch ja in der Zwischenzeit um das Gemüse kümmern", schlug Charlotte gut gelaunt vor.

„Klar! Oder, Cody? Wir zwei kriegen das schon hin." Josie schnappte sich die Karotten sowie eine Selleriestange und legte alles auf einem Brett ab. „Ich schneide und du darfst von allem naschen, einverstanden?"

Mit einem zufriedenen Lächeln auf dem Gesicht beobachtete Cody jeden Handgriff. Es war ihm förmlich anzusehen, dass er die Gesellschaft des Teenagers genoss.

Charlotte freute sich ebenfalls über Josies Besuch, auch wenn er sehr überraschend gekommen war. Aber vielleicht fiel der jungen Frau daheim einfach die Decke auf den Kopf, schließlich war Joseph den ganzen Tag unterwegs und Becky ...

Charlotte nahm sich fest vor, sich ab sofort mehr um Josie zu kümmern. In ihrer eigenen Trauer hatte sie ganz vergessen, wieviel schlimmer es *ihr* im Moment gehen musste.

„Ich bin so froh, dass du bei den Essen dabei bist“, unterbrach Josie die Stille. „Stell dir vor, ich müsste mit Dad und Luke *alleine* essen!“

„Ja, du wärst nicht zu beneiden“, erwiderte Charlotte mit einem Schmunzeln. „Wobei es letztes Mal ganz gut lief, oder nicht?“

„Schon, aber was ist, wenn wir die Essen hinter uns haben?“

Dieselbe Frage hatte sich Charlotte auch schon gestellt. Es war ziemlich wahrscheinlich, dass Luke dann wieder verschwand. Irgendwie stimmte es sie traurig, ihn wieder gehen zu lassen.

Josie kippte das geschnittene Gemüse in eine Salatschüssel und sah Charlotte eingehend an. „Kannst du vielleicht mit Luke reden? Ihn fragen, ob er weiterhin zu Besuch kommt?“

Das war es also, was Josie bedrückte. Sie hatte Angst, dass Joseph und Luke nach den aufgezwungenen Pflichtessen wieder getrennte Wege gingen. Doch leider konnte sie ihr da nicht weiterhelfen.

„Josie, ich glaube kaum, dass er auf mich hört. Wir haben unsere eigene Baustelle.“ Allein der Gedanke, Luke nach weiteren Besuchen zu fragen, verursachte bei ihr ein unangenehmes Gefühl, denn mittlerweile wusste sie, wie falsch sie damals gelegen hatte.

Traurig ließ Josie die Schultern hängen. „Und Dad brauche ich gar nicht erst darauf ansprechen. Er bekommt schon schlechte Laune, wenn er Lukes Namen nur hört!“

Bedächtig nickte Charlotte. Sie konnte Josie nur zu gut verstehen. „Lass uns einfach die anderen Essen abwarten, dann kann ich immer noch mit Luke sprechen, ok?“

„Wirklich? Ach, Charlotte, du bist ein Schatz, danke!“

Sichtlich erleichtert machte sich Josie daran, die gekochten Eier zu pellen, während Charlotte die fertigen Nudeln abgoss. Cody, der zwischenzeitlich das Interesse am Kochen verloren und den Raum verlassen hatte, kam gerade mit einem Spielzeugtruck in die Küche zurück.

„Seph fährt!“

Neugierig nahm Josie den Truck entgegen und sah sich dessen Inhalt genauer an. „Oh, da sitzt ja ein Cowboy drin!“

„Nein, Seph“, erwiderte er mit energischer Stimme und zog das Plastikmännchen heraus.

„Ah, jetzt sehe ich die Ähnlichkeit.“ Josie schlug sich amüsiert die Hand vor den Mund. „O mein Gott, der ist ja zum Schießen!“

Cody fiel übermütig in ihr Lachen ein, verstaute *Joseph* dann wieder hinter dem Lenkrad und ließ den Truck mit Schwung quer über den Küchenboden sausen.

„Na, so schnell fährt Dad aber nicht, eher im Schneckentempo“, bemerkte Josie trocken, wobei ihre Mundwinkel gefährlich zuckten.

„Er liebt dieses Männchen und schleppt es überall mit hin“, erklärte Charlotte mit einem liebevollen Blick auf ihren Sohn.

„Hach, ich könnte Cody den ganzen Tag zuschauen, er ist einfach zu süß.“ Josie gluckste und verfolgte, wie

Cody sich ein Geschirrtuch schnappte und das Männchen damit sauber rubbelte. Ein Laut des Entzückens entwich ihr. „Und jetzt putzt er ihn noch ab!“

„Seph muss dusen, der Stinki!“

Josie hielt sich vor Lachen den Bauch, Freudentränen schossen ihr in die Augen. „O Charlotte, ich habe mich schon lange nicht mehr so amüsiert.“

„Dann musst du unbedingt öfter vorbeikommen. Das hier ist nur das Basisprogramm.“

„Das werde ich, versprochen.“ Josie wischte sich mit dem Handrücken die Freudentränen aus dem Gesicht und fuhr dann mit hoffnungsvoller Stimme fort: „Und weißt du, was? Ich habe wegen morgen ein richtig gutes Gefühl. Frag mich nicht, warum ... Ich weiß es einfach.“

10

„Mmh, das riecht so gut", schwärmte Luke und ein seliges Lächeln überzog sein Gesicht. Er war vor einer Stunde auf der Farm seiner Eltern angekommen und hatte nicht schlecht gestaunt, als er seinen Dad an der Feuerstelle entdeckt hatte.

„Was, der Rauch?" Joseph drehte den schwenkbaren Rost zur Seite und sah Luke skeptisch an.

„Ich habe schon seit einer Ewigkeit kein Lagerfeuer mehr gemacht", erwiderte Luke mit einem Achselzucken und fächelte weiter Sauerstoff in die Glut. Genau genommen konnte er sich nicht mal mehr daran erinnern, wann er das letzte Mal selbst gegrillt hatte. Wo denn auch? Auf Tour?

Er sah zu Josie hinüber, die mittlerweile den halben Hausstand nach draußen geschleppt hatte und sich jetzt auf der rustikalen Sitzbank niederließ. Neben einem großen Tablett voller Geschirr hatte sie sogar die alten Sitzpolster und Decken aus dem Schuppen geholt.

„Ich liebe es hier draußen einfach", meldete sie sich nun zu Wort, den Blick träumerisch auf die wild tanzenden Flammen gerichtet.

Luke konnte seiner Schwester nur zustimmen. Die Feuerstelle, die sein Dad vor vielen Jahren angelegt hatte, war auch einer seiner Lieblingsplätze. Es hatte eine Zeit gegeben, da hatte er hier das ganze Wochenende verbracht.

„Und das Beste kommt noch", fuhr Josie geheimnisvoll fort. „Charlotte und ich haben nämlich eine Überraschung vorbereitet."

Interessiert horchte Joseph auf. „Eine Überraschung? Jetzt machst du mich aber neugierig ... Wo bleiben die beiden überhaupt? Sie müssten doch längst da sein." Besorgt reckte Joseph den Hals und stieg kurzerhand auf die Bank, um einen besseren Ausblick zu bekommen. „Ah, da hinten sind sie."

Schnell drehte sich Luke um und beobachtete den Kleinwagen, der sich zwischen den Feldern hindurchschlängelte und anschließend die Abzweigung zur Farm nahm, bevor er vor dem Haus stehen blieb.

Joseph sprang wieder von der Bank und lief den beiden eilig entgegen. „Da seid ihr ja endlich. Ich hab mir schon Sorgen gemacht!" Mit einem liebevollen Lächeln befreite er Cody von dem Anschnallgurt, während Charlotte ausstieg und eine große Schüssel Salat aus dem Kofferraum holte. Selbst aus dieser Entfernung erkannte Luke, dass sie bekümmert war. Irgendetwas musste vorgefallen sein.

Als sie zur Feuerstelle kam, um ihn zu begrüßen, bestätigte sein Verdacht sich. Sein Magen zog sich krampfhaft zusammen, denn er erkannte auf den ersten Blick, dass sie geweint hatte.

Unbewusst griff er nach ihrem Arm, ließ die Hand jedoch schnell sinken, als er ihren erschrockenen Gesichtsausdruck sah. Verdammt, er wollte ihr doch nur helfen und sie schreckt bei seiner Berührung gleich zusammen?

„Seph, Babeku!", stellte Cody, der in der Zwischenzeit mit Joseph zu ihnen an das Feuer gekommen war, breit lächelnd fest und sah Luke dabei an. Dieser bedachte Charlotte mit einem letzten nachdenklichen Blick und wandte sich dann dem kleinen Jungen zu. Zugegeben, es überraschte auch ihn, wie sehr er sich um Charlotte sorgte. Trotz ihrer Worte damals löste sie noch immer diesen Beschützerinstinkt in ihm aus.

„Ja, gleich gibt es ein leckeres Barbecue“, erwiderte Luke freundlich.

Der Kleine schien offensichtlich in besserer Verfassung zu sein als seine Mom.

„Da, Pickup!“ Auffordernd streckte er ihm einen Plastiktruck entgegen.

Mit einem Lächeln griff Luke nach dem Truck und sah ihn sich genauer an. Überrascht stellte er fest, dass Cody näher kam und seine kleine Hand nach ihm ausstreckte.

„Spielen!“, forderte dieser ihn auf.

„Klar können wir spielen. Ist ohnehin besser, als so nah am Feuer zu sitzen“, stellte er nach einem besorgten Blick auf den Jungen und die hoch aufzüngelnden Flammen fest. „Ist das ok, Charlotte?“

„Natürlich, geht nur“, erwiderte sie mit einem dankbaren Lächeln.

Hand in Hand liefen die beiden zu dem Sandkasten, der sich in der Nähe der Veranda befand und an unbeschwertere Tage erinnerte. „Hier habe ich früher gerne mit *meinen* Trucks gespielt.“

Luke konnte kaum glauben, dass der Sandkasten, den sein Dad aus einem Traktorreifen gebaut hatte, immer noch stand. Als kleiner Junge hatte er hier stundenlang gebuddelt, Straßen und Gräben gebaut und seine Trucks mit Sand beladen – so wie es Cody gerade tat.

„Lass uns einen Highway bauen!“ Luke schnappte sich die kleine Plastikschaufel und zog damit eine

Furche quer durch den Sandkasten. Interessiert verfolgte Cody jeden seiner Handgriffe.

Dann hielt Luke ihm die Schaufel hin. „Hier, Kleiner. Jetzt klopfen wir die Straße noch platt, damit sie richtig fest wird."

Der Junge ließ sich nicht zweimal bitten und schnappte sich das Werkzeug. „Da fährt mein Truck!", rief Cody begeistert aus.

„Ja, ganz genau. Und weißt du, was wir noch brauchen? Eine Hütte und einen See, wo sich die Fahrer ausruhen können."

„Seph hat Holz!" Cody zeigte aufgeregt zum Holzlager, das sich nur wenige Meter hinter ihnen befand.

„Oh, danke, Kumpel." Luke sprang auf und kehrte nach wenigen Sekunden mit mehreren Holzscheiten zurück. „Die graben wir ein, dann kippt die Hütte auch nicht um."

„Ist nicht windig heute", erwiderte Cody nach einem kurzen Blick in den Himmel. Er wirkte dabei so ernst, dass Luke amüsiert auflachte.

„Nein, heute nicht."

Wenige Minuten später parkte Cody seinen Truck unter der improvisierten Hütte und sah Luke erwartungsvoll an. Dann fiel es Luke wieder ein.

„Ach ja, der See! Magst du mir helfen?"

Cody nickte schnell und griff dann nach der Schaufel. „Ein tiefer See!"

„Du willst einen tiefen See? Ich kenne da einen Trick."

Luke ging eilig zum Schuppen hinüber, schnappte sich einen alten Eimer und füllte diesen am Regenfass bis oben hin mit Wasser.

„Jetzt müssen wir nur noch tief genug buddeln, damit unser Eimer auch reinpasst."

Aufgeregt sprang Cody auf, dass ihm auch bloß nichts entging.

„Dann legen wir noch ein paar Blätter an den Rand und schon merkt niemand, dass der See mal ein Eimer war."

Mit angehaltenem Atem stützte Cody sich auf Lukes Schulter ab, um einen Blick in den Sandkasten zu werfen.

Lukes Herz setzte für einen Moment aus. Er bereute es auf einmal schmerzlich, nur ein Fremder für den Kleinen zu sein. In den letzten Wochen war der Wunsch nach einer eigenen kleinen Familie immer mehr in ihm aufgekeimt und er musste zugeben, dass es ihm viel Spaß bereitete, mit Cody im Sandkasten seiner Eltern zu buddeln. Zu sehen, wie viel Freude der Junge an solchen Kleinigkeiten hatte und wie seine Augen dabei leuchteten, ließ sein Herz gleichermaßen schwer und leicht werden.

Intuitiv drehte er sich nach Charlotte um und ertappte sie dabei, wie sie ihn nachdenklich musterte. Den seltsamen Ausdruck in ihren Augen konnte Luke jedoch nicht deuten.

„Essen ist fertig!" Josie riss ihn aus seinen Gedanken und seinen Blick fort von Charlotte.

Gemächlich stand er auf, klopfte sich den Sand von den Hosen und sagte: „Na los, Kleiner. Lass uns essen."

Cody brauchte keine weitere Aufforderung, sprang auf und rannte mit einem Freudenschrei direkt in Charlottes Arme.

Als Luke auf die Feuerstelle zuging, bemerkte er, dass der Tisch bereits fertig gedeckt war. Aus Beckys Vorräten gab es dieses Mal lediglich ihren gedeckten Apfelkuchen. Wie es aussah, hatte seine Mom bis zum Schluss an der Tradition festgehalten, dass Barbecue Männersache war. Es gab saftige Steaks, Maiskolben und Kartoffeln, die Joseph direkt in der Glut garte.

„Dad, nichts für ungut, aber mit unserem Makkaronisalat kannst du heute nicht mithalten“, scherzte Josie übermütig.

„Da geb ich dir recht, der schmeckt wirklich ausgezeichnet. Er ist genau so, wie deine Mom ihn immer gemacht hat“, erwiderte Joseph mit einem seligen Lächeln.

„Ja, dank Charlotte und Moms Kochbuch!“

Interessiert sah Joseph auf. „Du hast das Buch? Ich hab es schon gesucht.“

„Wirklich? Das wusste ich nicht ... Es liegt schon eine Weile bei mir oben.“

„Wie dem auch sei. Nach dem ganzen Fast Food wurde es mal wieder Zeit für was Richtiges, oder nicht?“ Joseph lächelte zerknirscht.

Luke konnte sich sehr gut in seinen Dad hineinfühlen. In den vergangenen Monaten hatte auch er oft genug von den deftigen Eintöpfen und Suppen seiner Mutter geträumt. Allein bei dem Gedanken daran lief ihm das Wasser im Mund zusammen.

„Am meisten vermisse ich Moms Maiscremesuppe“, murmelte Luke vor sich hin und erntete prompt einen überraschten Blick von Joseph.

Für einen Moment sahen sich Vater und Sohn einfach nur an, bevor Joseph mit wehmütiger Stimme fortfuhr: „Ja, wem sagst du das, mein Junge. Was würde ich für einen Teller davon geben."

***

Luke sinnierte immer noch über Josephs Gefühlsausdruck, als die Sonne längst hinter dem Maisfeld verschwunden war. Wusste sein Dad überhaupt, wie viel es ihm bedeutete, dass er ihn wieder „mein Junge" genannt hatte? Zum ersten Mal seit einer langen Zeit fühlte er sich angenommen. Er war glücklich – und das lag nicht nur an dem heimeligen Knistern des Lagerfeuers.

Sein Blick wanderte zu Charlotte, die ihm gegenübersaß, sich mittlerweile in eine dicke Decke eingekuschelt hatte und versonnen in die Flammen blickte. Das kurze Aufflackern der Glut hellte ihr Gesicht für einen Moment auf und sein Herz begann, wie wild zu pochen. Er hatte heute kaum den Blick von ihr abwenden können. Im Schutz der Dunkelheit erlaubte er sich endlich, sie ungestört zu mustern, während die anderen damit beschäftigt waren, Marshmallows auf dem Spieß zu rösten.

„Wir werden unseren Snack drinnen essen." Joseph zwinkerte Cody verschwörerisch zu. „Ich weiß doch, dass der junge Mann hier Samstagabend gern *Bob der Baumeister* schaut."

„Aber, Joseph ... Das muss doch nicht ..."

Ehe Charlotte irgendwelche Einwände erheben konnte, winkte Joseph ihren schwachen Protest ab, stand mit Cody zusammen auf und war kurze Zeit später verschwunden.

„Lass ihn doch. Ich glaube, er ist selbst ein Fan und will es nur nicht zugeben." Josie sah ihrem Dad schmunzelnd hinterher. „Außerdem will ich nicht, dass der Abend schon wieder so abrupt endet. Ich jedenfalls habe heute nichts mehr vor."

„Na dann", erwiderte Luke mit einem zufriedenen Lächeln, „halte ich wohl das Feuer am Laufen."

„Soll ich dir auch einen Spieß richten?", fragte Josie, während sie mehrere Marshmallows aus der Tüte zog.

„Nein danke. Ich nehme lieber noch ein Stück von Moms Kuchen."

„Den habe ich schon wieder in die Küche gebracht. Aber ich bring dir was mit, ich muss sowieso kurz rein", erwiderte Josie hastig, übergab den Spieß an Charlotte und rannte los.

Überrascht sahen sich Luke und Charlotte an. „Was war denn das?"

„Ich habe keine Ahnung ... Vielleicht vermisst sie ihr Handy", erwiderte Luke mit einem Grinsen, dann blickten sie still ins Feuer.

Ehe Luke das peinliche Schweigen unterbrechen konnte, kam seine Schwester bereits wieder aus dem Haus, einen Kuchenteller in der einen und Lukes erste Gitarre in der anderen Hand. Durch die vielen Übungsstunden, als er noch jünger gewesen war, sah sie mittlerweile abgegriffen und etwas ramponiert aus. Dennoch hatte Becky ihr kurz nach seinem Auszug einen Ehrenplatz an der Wohnzimmerwand zukommen lassen.

Luke sog die Luft scharf ein, denn er wusste genau, was seine Schwester im Schilde führte.

Noch im Gehen sagte sie: „Das war aber ein kurzes Fernsehvergnügen. Cody schläft bereits und Dad liest in der Zeitung."

Schnell sprang Charlotte auf. „O nein. Ich sollte gehen, damit Joseph seine Ruhe hat."

„Du bleibst schön sitzen, jetzt, wo es spannend wird."

Demonstrativ reichte Josie ihrem Bruder zuerst den Kuchenteller und legte die Gitarre dann auf der freien Bank ab. Aber so leicht wollte er es ihr nicht machen.

„Wenn du denkst, dass ich jetzt rumklimpere, täuschst du dich, Schwesterherz." Irgendwie hatte er Hemmungen, nach all den Jahren vor Charlotte zu singen. Und die Tatsache, dass es in seinem neuen Song auch um sie ging, machte es nicht einfacher.

Luke griff nach der Gabel und schob sich provokativ ein großes Stück des Kuchens in den Mund.

„Ach komm schon, ich will endlich deinen neuen Song hören", quengelte Josie und sah ihn mit diesem Dackelblick an, dem er nichts ausschlagen konnte.

Mitten in der Bewegung hielt Luke inne. Es fehlte nicht viel und er hätte sich heftig verschluckt. Hatte er seiner Schwester etwa davon erzählt?

„Jessie, meine Freundin, war letzten Samstag im *Bluebird* und hat dich singen hören", erklärte Josie, die seine Reaktion richtig gedeutet hatte. „Da habe ich als Schwester ja wohl ein Privatkonzert verdient."

Langsam schluckte Luke den Bissen hinunter, der sich plötzlich sehr trocken anfühlte. Unter keinen Umständen würde er hier und heute *Last Wish* singen.

Er spürte Charlottes Blick, der neugierig auf ihm ruhte.

„Biiiittte“, flehte Josie. „Du bist doch sonst nicht so schüchtern!“

„Dafür bist du immer noch die gleiche Nervensäge wie früher“, erwiderte Luke mit einem Schmunzeln, stellte den Kuchenteller ab und griff langsam nach der Gitarre. „Mit dir zu diskutieren, macht sowieso keinen Sinn.“

Luke betrachtete die Gitarre, auf der er vor vielen Jahren das Spielen gelernt hatte, und strich liebevoll über eine alte Kerbe, die er als Kind verursacht hatte, als er sie etwas zu übereifrig herumgeschleppt hatte. Heute behandelte er seine Gitarren jedoch wie einen kostbaren Schatz.

Routiniert legte er das Instrument auf seinem Oberschenkel ab und spielte nach einem nervösen Blick zu Charlotte den ersten Akkord. In erwartungsvoller Stille lauschten die beiden Frauen dem Intro, dann setzte Lukes raue Stimme ein.

***

Mit jeder weiteren Strophe, die in Lukes sanfter, tiefer Stimme ertönte, begann Charlottes perfekt angelegtes Konstrukt zu bröckeln.

Plötzlich zweifelte sie an ihrer folgenschweren Entscheidung, Luke gänzlich aus ihrem Leben gestrichen zu haben. Sie war wie erstarrt, als sie seinem Song lauschte.

„Der ganze Ruhm bedeutete ihm nichts, denn er hatte jeden verloren, den er einmal liebte.“

Die Worte „Familie“ und „Zuhause“ drangen zu ihr durch und ihr war klar, dass es in dem Song nicht nur um sie, sondern auch um Becky ging.

Charlotte konnte nicht mehr an sich halten und schon bald liefen ihr hemmungslos Tränen über das Gesicht. Sie fühlte den Schmerz und das Bedauern, sie verlassen zu haben, tief in ihm.

Als sie nach dem letzten Akkord aufsah, war Josie verschwunden ... Sie hatte es nicht einmal bemerkt.

Luke legte die Gitarre ab und fuhr sich mit den Händen müde über die Augen. Er sah mitgenommen aus und für den Bruchteil einer Sekunde hätte sie ihn gerne getröstet, ihm gesagt, dass Becky so stolz auf ihn gewesen war, aber sie war wie gelähmt.

„Ist es das, was du wirklich denkst, oder ist es nur ein *Song*?“ Charlottes Frage war nicht mehr als ein Flüstern und sie war sich nicht sicher, ob er sie gehört hatte.

„Alles daran ist wahr“, erwiderte er leise und starrte ins Feuer.

Ihr Herz rutschte ihr in die Hose, als ihr klar wurde, was das bedeutete. Luke wollte eine zweite Chance.

Unendliche Minuten vergingen, bis Luke sie endlich ansah. „Ich bin so ein Idiot. Du warst vorhin schon so traurig und jetzt bringe ich dich auch noch zum Weinen ...“

Für einen kurzen Moment war sie versucht, alles, was sie seit drei Jahren vor ihm geheim hielt, zu erzählen, doch schnell verließ sie dieser Mut wieder.

„Es ist wegen meinen Eltern“, antwortete sie stattdessen. „Wir haben uns vorhin am Telefon ziemlich gestritten.“

„Oh, das tut mir leid ... Deine Eltern wohnen immer noch in Kalifornien, oder?“

„Ja. Eigentlich wollten sie zu Codys Geburtstag kommen, aber daraus wird wohl nichts.“ Charlotte lachte zynisch auf. „Ein Geschäftsessen scheint wichtiger zu sein als der zweite Geburtstag des eigenen Enkels. Sie haben es mir letzte Woche gesagt, aber ich hatte die Hoffnung, sie noch umzustimmen."

Luke nickte betroffen und antwortete dann zögernd: „Das ist echt heftig. Aber ich würde gerne kommen – wenn du nichts dagegen hast."

Für einen Augenblick war Charlotte völlig überrumpelt. „Wirklich? Ähm, na klar, dein Dad und Josie kommen schließlich auch", erwiderte sie aber dann.

Ruckartig stand Luke auf und kickte mit dem Schuh etwas Asche auf die Flamme, die nur noch schwach vor sich hin züngelte. Ein unangenehmes Schweigen entstand zwischen ihnen, das wohl auch Luke auffiel.

„So wie es aussieht, kommt Josie nicht mehr raus", bemerkte er mit einem Blick zum Küchenfenster.

„Ja, es ist spät, es wird Zeit zu gehen!" Schnell sprang Charlotte auf und klaubte die Decken und Polster zusammen.

Mit einem Satz war Luke bei ihr und versperrte ihr den Weg. „Das habe ich eigentlich nicht gemeint ... Ich wollte vielmehr fragen, ob wir noch einen Spaziergang machen."

Plötzlich schlug ihr das Herz bis zum Hals. „Aber die Polster werden schon ganz klamm, außerdem muss Cody ins Bett", war alles, was Charlotte herausbrachte.

„Dann lass uns kurz nach Cody sehen, ob er noch schläft. Dad hat bestimmt nichts dagegen, noch ein wenig auf ihn aufzupassen."

Nachdenklich folgte sie Luke, der sich das Tablett geschnappt hatte und nun zum Haus vorausging.

Vielleicht war die Idee gar nicht so schlecht, ein Spaziergang würde sie sicher auf andere Gedanken bringen ...

***

Bis auf die Sterne, die hell vom Himmel leuchteten, war es auf dem Feldweg hinter dem Haus stockdunkel. Vorsichtig setzte Charlotte einen Fuß vor den anderen, bis sich ihre Augen allmählich an die Finsternis gewöhnten. Wenn Cody nicht tief und fest geschlafen hätte, wäre sie nie auf Lukes Vorschlag eingegangen.

Verstohlen warf sie ihm einen Seitenblick zu, doch mehr als sein Profil, das vom Mondschein erhellt wurde, konnte sie nicht erkennen.

Luke musste ihren Blick gespürt haben, denn plötzlich stoppte er und sah sie unverwandt an. Charlotte spürte, wie ihr die Röte ins Gesicht stieg. Hatte sie ihn eben zu offensichtlich gemustert? Nein, man konnte ja kaum die eigene Hand vor Augen sehen.

„Es tut mir wirklich leid wegen deinen Eltern. Die ganze Situation muss sehr belastend für dich sein", sagte er dann.

„Ach, halb so schlimm. Ich bin es gewohnt, dass wir uns nicht regelmäßig sehen – und Cody kennt sie ohnehin kaum." Charlotte bemerkte selbst, wie erbärmlich ihre Antwort klang.

„Haben sie ein Problem damit, dass du Cody alleine großziehst?", fragte er geradeheraus.

Charlotte zögerte. Wie sollte sie Luke erklären, dass sie ihre Eltern maßlos enttäuscht hatte?

„Also ja", erwiderte er mit einem Anflug von Wut in der Stimme, als er ihr Zögern bemerkte. „Meine Eltern waren dir eine größere Hilfe als deine."

„Ja, vor allem deine Mom", antworte Charlotte leise. Wehmut ergriff sie. „Sie war für mich da, von Anfang an."

Beherzt griff Luke nach ihren Händen und sah sie eindringlich an. „Ich hätte nicht einfach so abhauen dürfen. Wir hätten damals über alles reden und gemeinsam nach einer Lösung suchen sollen."

Charlotte wollte sich aus der Berührung befreien, doch Luke kam ihr noch näher und umfasste auch ihre Arme. „Alles, was ich mir je gewünscht habe, war, dass du hinter mir stehst."

„Ehrlich gesagt hätte ich nie damit gerechnet, dass du *so* erfolgreich wirst", stammelte Charlotte kleinlaut, während sie seinem Blick auswich, und fuhr dann mit einem entschuldigenden Lächeln fort: „Luke, es tut mir schrecklich leid, dass ich damals so verbohrt war und deine Pläne als Träumereien abgetan habe. Ich denke, dass ich nach meinem Abschluss so versessen drauf war, Karriere zu machen, dass ich dasselbe auch von dir erwartet habe. Ich wollte, dass du etwas ‚Richtiges' lernst und nicht von der Hand in den Mund lebst."

Lukes Blick zeigte Charlotte deutlich, wie überrascht er war. Es wunderte sie jedoch nicht, schließlich sagte sie ihm zum ersten Mal, warum sie damals ein Problem mit seiner Musik gehabt hatte. Ihre Erziehung und der Drill durch ihren Vater hatten sie schlichtweg nie so träumen lassen wie ihn. Welch Ironie, dass er letztendlich der Erfolgreichere von ihnen war.

Lukes Ausdruck wechselte von Erstaunen in pure Erleichterung. Ein Lächeln breitete sich über seinem ganzen Gesicht aus, als er antwortete: „Weißt du, wie froh ich bin, dass du endlich Klartext redest?“

Für einen Moment sahen sich die beiden einfach nur an, bevor Luke langsam die Hand hob und Charlotte in einer liebevollen Geste über die Wangen strich. „Gott, wie ich dich vermisst habe.“

Seine Hände wanderten weiter in ihren Nacken und bereiteten ihr ein längst vergessenes Schaudern. Überrascht schnappte sie nach Luft, als sie auf einmal seine Lippen an ihrem Hals spürte. Sie hätte nie damit gerechnet, dass sie so heftig auf seine Berührungen reagieren würde.

Ihre Hände tasteten sich nun ebenfalls über seinen Körper, der sich heute viel muskulöser und stärker anfühlte als noch vor einigen Jahren.

Ermutigt von ihrer Reaktion zog Luke sie näher an sich und suchte mit den Lippen ihren Mund. Für einen Sekundenbruchteil stoppte sie ihre Streicheleinheiten, überrascht von dem, was nun kommen mochte.

„Charlotte, du machst mich wahnsinnig.“ Lukes Geständnis war nicht mehr als ein heiseres Raunen.

Überrascht sah sie ihn an, seine Augen wirkten dunkel, beinahe bedrohlich. Es war lange her, dass jemand sie so angesehen hatte. Genau genommen war es Luke gewesen, der sie zuletzt mit diesem verheißungsvollen Blick bedacht hatte.

Ihre Lippen verschmolzen zu einem innigen Kuss, während sich das wohlige Pochen in ihrem Unterleib weiter ausbreitete. Sie sog seinen vertrauten Geruch ein und bemerkte entsetzt, dass sich ihre Hände mittlerweile unter seinem Shirt befanden und sie mit den Nägeln über seinen Rücken fuhr.

Lukes leises Aufstöhnen holte sie wieder in die Realität zurück. Für einen Moment wollte sie ihn von sich stoßen und das alles hier stoppen. Es war falsch, mit Luke zu schlafen, bevor sie ihm alles erzählt hatte ... Stattdessen erlaubte sie ihm noch mehr Intimität.

Sie spürte seine Hand zunächst unter ihrem Pulli, danach auch auf ihrer Brust. Für einen Moment stockte ihr der Atem, überwältigt von der Leidenschaft, die sie plötzlich überkam.

Lukes Daumen fuhr kreisend über ihre Brustwarze, dann schob er ihren Pulli hastig nach oben und seine Lippen wanderten über ihren Hals ebenfalls nach unten. Seine Liebkosungen und das ziehende Saugen machten sie beinahe wahnsinnig. Er wusste immer noch genau, wie er sie anfassen musste.

Ein Seufzen kam über ihre Lippen und Charlotte bemerkte, wie sie allmählich feucht wurde. Lukes Berührungen wurden immer stürmischer und bald spürte sie seinen festen Oberschenkel, der sich zwischen ihre Beine drängte. Fast automatisch begann sie damit, sich an ihm zu reiben.

„Luke ..." Mehr brachte sie nicht über die Lippen. Sie stand nur da und registrierte, wie sein Kopf weiter nach unten wanderte und seine Zunge eine feuchte Spur auf dem Weg zu ihrem Bauchnabel hinterließ.

Auf einmal bemerkte sie seine Finger an ihrem Hosenbund. Luke sah zu ihr auf, beinahe so, als wollte er sie um Erlaubnis bitten, und knöpfte ihre Jeans auf, als sie ihn nicht stoppte. Wenige Sekunden später fühlte sie seine Hand in ihrem Slip. Scham überfiel sie, weil er zweifellos bemerkt haben musste, wie stark sie auf ihn reagierte.

Ehe sie sich weiter sorgen konnte, was er wohl über sie dachte, spürte sie, wie er mit dem Finger vorsichtig in sie eindrang. Ohne damit aufzuhören, knöpfte er mit der anderen Hand seine eigene Hose auf.

Charlotte kam ihm dabei zu Hilfe, was Luke mit einem zufriedenen Lächeln quittierte. Blitzschnell streifte er seine Hose samt Boxershorts ab und stoppte dann abrupt.

„Ich nehme die Pille", flüsterte Charlotte, weil sie ahnte, was ihn zögern ließ. Sie bemerkte Lukes überraschten Blick, bevor sie sich von ihm zwischen eine Ansammlung von Heuballen ziehen ließ, die am Wegesrand aufgetürmt waren und wie ein kleines Versteck wirkten.

Charlotte konnte kaum glauben, was sie da tat. Selbst damals, als Luke und sie noch Teenager gewesen waren, hatten sie es nie unter freiem Himmel getrieben.

Luke breitete schnell seine Jacke am Boden aus, während auch Charlotte sich von ihrer Hose und dem Slip befreite. Dann griff er nach ihrer Hand und zog sie zu sich herunter. Kurz streifte sein harter Penis ihren Schenkel, als er sich über sie beugte und wieder küsste, während er sich zwischen sie kniete. Sie konnte es kaum noch erwarten, bis er endlich in sie eindrang. Hatte sie jemals so leidenschaftlich auf ihn reagiert?

In prickelnder Erwartung spürte sie seine Hand an ihrer intimsten Stelle und mit einem Stoß war er in ihr. Intuitiv krallte sich Charlotte in seinen Rücken und begegnete seinem langsamen Rhythmus. Als ihre

Ungeduld wuchs, schlang sie die Beine um seine Hüften, um ihn noch intensiver zu spüren, und bewegte sich schneller. Sie bemerkte, wie auch Luke das Tempo seiner Stöße weiter erhöhte und sie jetzt hemmungslos nahm.

Ihre Blicke trafen sich und Charlotte spürte, wie sich ihr Körper vor purer Lust anspannte. Er stieß weiter zu, immer schneller und tiefer, bis sich ihr Geschlecht um ihn zusammenzog. In diesem Moment sah Charlotte ihn an und wusste, dass sie nie damit aufgehört hatten, sich zu lieben.

Nach drei langen Stößen kam auch er und entlud sich in ihr.

Becky

Zweieinhalb Jahre zuvor

Bewundernd blätterte Becky die neu gestaltete Speisekarte durch, die es erst seit Kurzem in ihrem Lieblingscafé gab. Zitronen-Cupcakes mit Creamcheese-Frosting. Allein bei diesem Namen lief ihr das Wasser im Mund zusammen.

Schon beim Hineinkommen hatte sie bemerkt, dass sich hier seit ihrem letzten Besuch einiges verändert hatte. Der in die Jahre gekommene Verkaufstresen war durch eine großzügige Kuchenvitrine ersetzt worden, in der sich die kleinen Köstlichkeiten nur so stapelten. Neben Scones, Törtchen und Cupcakes entdeckte Becky sogar Sandwiches und herzhaft belegte Bagels. Die Auslage wirkte nun nicht mehr eingestaubt und altbacken, als wäre sie einem kleinen Kaff in Pennsylvania entsprungen, sondern wie der einer angesagten Konditorei in New York.

In diesem Moment wirbelten die kleinen Glöckchen, die über dem Eingang hingen, wild durcheinander und kündigten einen weiteren Gast an, der sogleich an Beckys Tisch trat und ihr ein glückliches Lächeln in das Gesicht zauberte.

„Hallo, Charlotte. Ich freue mich, dass wir uns endlich wiedersehen!“ Aufgeregt sprang Becky vom Stuhl auf und drückte die junge Frau herzlich an sich. „Wie geht's dir, Liebes?“

„Mir geht's gut und dir, Becky?“, fragte Charlotte in lockerem Tonfall, doch ihr Gesicht sagte etwas gänzlich anderes.

„Bestens, wenn ich dich sehe! Kaum zu glauben, dass wir uns seit Weihnachten nicht mehr gesehen haben."

„Ja, es ist unglaublich, wie schnell die Zeit vergangen ist."

Becky hatte für das heutige Treffen extra einen Tisch in Patty's Patisserie *reserviert – dem besten Café der Gegend. Auch wenn Charlotte und Luke längst kein Paar mehr waren, wollte Becky auf keinen Fall auf ihre Freundschaft verzichten. Das Mädchen war ihr in der Zeit, in der sie mit ihrem Sohn zusammen gewesen war, sehr ans Herz gewachsen.*

„Ich habe gehört, dass du schon seit einem Monat wieder zurück bist. Hat es mit dem Job nicht geklappt?", fragte Becky vorsichtig nach.

„So kann man es auch sagen", erwiderte Charlotte sarkastisch.

Sie stutzte kurz über Charlottes Reaktion, setzte aber schnell wieder ein Lächeln auf. „Na, so bist du wenigstens wieder hier bei uns. Kalifornien ist doch so schrecklich weit weg!"

„Danke, Becky, das ist lieb von dir."

Becky drückte Charlottes Hand und sah sie dann besorgt an. „Ist auch wirklich alles ok mit dir? Du wirkst bedrückt."

„Ach, es tut einfach gut, dich wiederzusehen." Charlotte hielt für einen Moment inne und fuhr dann mit belegter Stimme fort: „Ich habe dich schrecklich vermisst."

Tränen schlichen sich in Charlottes Augen und für einen Moment war Becky versucht, weiterzubohren, entschied sich jedoch, Charlotte Zeit zu geben. Sie waren eben erst angekommen und bei einem leckeren Stück Kuchen und einer Tasse Tee würde sie später immer noch die Gelegenheit haben, Charlotte auf den Zahn zu fühlen.

„Lass uns doch einfach bestellen. Ich habe schon beim Reinkommen die leckeren Zitronentörtchen entdeckt“, schlug Becky mit fürsorglicher Stimme vor.

Wie auf Kommando stand wenige Minuten später Patty, die Eigentümerin höchstpersönlich, vor ihrem Tisch, um die Bestellung aufzunehmen.

„Becky, wie schön, dich mal wieder zu sehen. Wie geht’s dir?“ Hocherfreut kam Patty um den Tisch herum und begrüßte Becky mit einer herzlichen Umarmung.

„Sehr gut, ich kann mich nicht beschweren. Und dir?“

„Es gibt unglaublich viel zu tun. Mittlerweile hat sich herumgesprochen, dass wir dem Magnolia *in nichts nachstehen“, erwiderte Patty mit einem koketten Zwinkern.*

„Ja, deine Törtchen sind wahrlich ein Traum. Aber wie schaffst du das alles ganz allein?“

„Wer sagt denn, dass ich alleine bin? Die junge Lady da drüben ist meine Nichte Lauren. Sie bleibt für eine Weile hier, um mich zu unterstützen. Unter uns gesagt, ich wäre ohne sie nie so erfolgreich, schließlich ist sie es, die hier frischen Wind reinbringt“, schwärmte Patty voller Stolz.

Becky warf einen Blick zu der jungen Frau hinter dem Tresen und nickte anerkennend. „Das ist schön, ein richtiges Familienunternehmen.“ Ihre Aufmerksamkeit wechselte wieder zu Patty und mit einem Lächeln gab sie ihre Bestellung auf. „Bring mir doch bitte zwei von den Zitronentörtchen und einen Milchkaffee.“

„Sehr gerne. Und für deine Freundin?“ Patty sah Charlotte fragend an. „Ich glaube, wir kennen uns noch nicht.“

„Nein. Ich habe zwar schon viel von Ihrem Café gehört, aber leider war ich bisher nie hier.“ Charlotte sah sich

bewundernd um. „Das wird sich ab sofort ändern. Es ist zauberhaft." Nach einem kurzen Blick in die Karte fügte sie hinzu: „Ich hätte gerne einen Lachsbagel und eine heiße Schokolade."

Für einen Moment wirkte Patty etwas verwundert, fuhr jedoch in geschäftsmännischem Tonfall fort: „Eine gute Wahl, die Lachsbagel habe ich eben erst zubereitet." Eilig marschierte sie zurück zu dem Tresen, nicht ohne sich noch einmal kurz zu Charlotte umzudrehen.

„Kennst du Patty schon länger?", fragte Charlotte nun beiläufig und warf einen neugierigen Blick zu der Theke.

„Wenn man schon so lange hier wohnt, dann kennt jeder jeden, auch wenn es der Nachbarort ist", schmunzelte Becky. „Wir treffen uns regelmäßig auf dem Bauernmarkt. Sie kommt jeden Samstag vorbei und besorgt dort Eier, Früchte und was sie sonst alles für das Café braucht."

„Stimmt, du und Joseph habt dort einen Stand. Meine Mom hat es immer sehr genossen, samstags über den Markt zu schlendern ... Na ja, ich bin mir sicher, dass es in Kalifornien auch welche gibt!"

„Geht es deinen Eltern auch gut?", fragte Becky besorgt. Vielleicht war Charlotte ihretwegen bekümmert?

„Mein Dad klettert die Karriereleiter immer weiter hoch und Mom dekoriert alle paar Wochen das Haus um. Also ist alles in Ordnung", erwiderte sie gedankenverloren und streichelte sich dabei in einer liebevollen Geste unbewusst über den Bauch.

Plötzlich fiel es Becky wie Schuppen von den Augen. Die Gefühlsausbrüche, Lachs mit Schokolade, ein verträumtes Streicheln über den Bauch ... Wenn sie nicht alles täuschte, konnte das nur eines bedeuten.

Ehe sie Charlotte danach fragen konnte, ließ die junge Frau die Bombe platzen. „Becky, ich muss dir etwas beichten. Ich habe sonst niemanden, mit dem ich darüber reden könnte."

Plötzlich standen Charlotte Tränen in den Augen. Schnell griff Becky nach ihrer Hand und drückte sie leicht. „Nur zu, Schatz. Ich habe dir doch die ganze Zeit schon angesehen, dass etwas nicht stimmt."

„Tut mir leid, dass mir schon wieder die Tränen kommen." Charlotte schnappte sich eine Serviette und tupfte sich damit die Augen. „Ich weiß auch nicht, aber im Moment kann ich einfach nicht anders."

Becky nickte verstehend. „Ach, Kleines ... Es wird alles gut. Glaub mir."

Ein gezwungenes Lächeln huschte über Charlottes Gesicht. „Als ich dir sagte, dass es in Kalifornien nicht mit dem Job geklappt hat, gab es dafür einen Grund." Charlotte fuhr erneut mit der Hand über ihren Bauch und ließ sie anschließend dort ruhen. Dann holte sie tief Luft und sagte nach einem letzten Zögern und mit zittriger Stimme: „Ich bin schwanger."

Kurz glaubte Becky, sich verhört zu haben, doch dann stahl sich ein Lächeln auf ihre Lippen. „Aber, Charlotte, das ist doch wunderbar und kein Grund zum Weinen." Sie zog ihre Freundin an sich und schloss sie fest in ihre Arme. „Ich freue mich so für dich."

Charlotte erwiderte ihre Umarmung, während Becky ihr beruhigend über den Rücken strich, und sagte mit bebender Stimme: „Ich habe einfach Angst, das Kind alleine großziehen zu müssen."

Sie konnte Charlotte verstehen, aber gleichzeitig wusste sie, was für eine unglaublich starke Frau sie war. Und

Becky würde ihr helfen, wo es nur ging. „Glaub mir, wir bekommen das hin. Du kannst mich jederzeit anrufen oder vorbeikommen. Ich bin für dich da", erwiderte sie mit Zuversicht. Sie glaubte fest daran.

Deshalb strahlte sie über das ganze Gesicht, als sie Charlotte von sich schob, um sie prüfend anzuschauen. Doch die junge Frau wirkte noch immer betrübt, beinahe ängstlich.

„Da gibt es noch etwas, das du wissen solltest ..." Sie zögerte ein letztes Mal, bevor sie Becky fest in die Augen sah. „Luke ist der Vater."

***

Becky stocherte nur halbherzig in ihrem Zitronentörtchen herum, zu viele Fragen gingen ihr durch den Kopf.

„Aber warum soll niemand etwas davon erfahren?"

Sie konnte Charlottes Bitte nicht nachvollziehen. Sie selbst war völlig aus dem Häuschen und hätte die Neuigkeit, dass sie Großmutter wurde, am liebsten laut herausposaunt, so glücklich war sie.

„Ich will nicht, dass er sich verpflichtet fühlt." Charlottes Worte waren nicht mehr als ein Flüstern. „Luke hat sich für die Musik entschieden. Ich will nicht, dass er nur aus Mitleid zu mir zurückkommt."

Becky konnte Charlottes Stolz verstehen. Ihr Sohn träumte schon so lange davon, Musiker zu werden.

„Aber ihm gar nichts sagen?" Becky haderte mit Charlottes Entscheidung, schließlich ging es hier auch um ihren Sohn. Er hatte ein Recht darauf, von seiner Vaterschaft zu erfahren.

„Bitte, Becky. Du weißt doch selbst, dass Luke jeden Tag in einer anderen Stadt ist. Wie stellst du dir das vor? Dass er alles hinschmeißt und einfach wieder zurückkommt? Womöglich noch Joseph auf der Farm hilft?"

Becky nagte nachdenklich auf ihrer Unterlippe. Sie wusste genau, was Charlotte meinte. Es war schon immer eine schlechte Idee gewesen, aus einem Pflichtgefühl heraus ein Leben zu führen, das man hasste – solche Dinge endeten nie gut.

„Bitte sag auch Joseph nichts. Es würde ihn fürchterlich aufregen."

„Aber ..." Schnell biss sich Becky auf die Lippe. Vielleicht war es tatsächlich vernünftiger, sich erst mal zurückzuhalten. Bis zur Geburt dauerte es schließlich noch einige Monate und vielleicht würde Charlotte ihre Meinung bis dahin von ganz allein ändern. Außerdem lag Becky nichts ferner, als sich mit der Mutter ihres künftigen Enkelkindes zu streiten, denn Charlotte hatte entschieden, in Gainesville zu bleiben, was Becky unsagbar glücklich machte.

Also nickte sie zögerlich. „Aber versprich mir, dass du es dir noch mal überlegst."

11

Müde schlurfte Luke in die Küche und war erleichtert, dass Scott noch schlief. Auch gestern, als er sich nachts in das Haus geschlichen hatte, war Scott bereits im Bett gewesen. Sein bester Freund würde ihm auf den ersten Blick ansehen, was am Abend zuvor passiert war. Er hatte noch immer dieses zufriedene Grinsen auf den Lippen und war bester Laune.

Als Charlotte und er gestern zum Haus seiner Eltern zurückgekehrt waren, hatte sie es plötzlich sehr eilig gehabt. Nachdem sie Joseph geweckt hatte, war er hinauf ins Bett gegangen und Luke hatte sich vorsichtig Cody geschnappt und ihn in einer Decke eingehüllt zu Charlottes Wagen getragen. Der Kleine hatte tief und fest geschlafen, selbst als sie ihn im Kindersitz festmachten. Anschließend war er den beiden mit seinem Auto gefolgt, um sicherzugehen, dass sie gut daheim ankamen. Sein Angebot, Cody hineinzutragen, hatte Charlotte jedoch entschieden abgewiesen. Dabei gewann er den Eindruck, dass sie ihren Ausbruch der Leidenschaft schon bereute.

Er hatte mit diesem beunruhigenden Gefühl nicht zurück nach Lancaster fahren wollen und deshalb beschlossen, nach dem Frühstück kurz bei ihr vorbeizuschauen, um sich zu verabschieden und ihr noch einmal in die Augen zu sehen. Seine Gefühle am Vorabend waren echt gewesen. Er liebte sie mit jeder Faser seines Körpers.

Nein, er konnte nicht länger warten. Er musste ihr seine Gefühle gestehen, hätte sie am liebsten jetzt und sofort laut herausgeschrien. Nach einem prüfenden Blick auf die Uhr stellte er fest, dass es bereits nach zehn war. Um diese Zeit waren die beiden sicher schon wach.

Schnell hinterließ er Scott eine kurze Nachricht, schnappte sich seinen Stetson und machte sich zu Fuß auf den Weg zu Charlottes Wohnung, die ebenfalls im Zentrum von Gainesville lag. Bereits nach wenigen Minuten erreichte er ihr Zuhause, das sich im ersten Stock eines Mietshauses befand.

Mit weichen Knien stieg er die Treppen hinauf und atmete vor ihrer Tür noch einmal tief durch, bevor er klingelte. Im ersten Moment war Luke irritiert, da es nicht Charlotte war, die ihm öffnete.

„Oh, ähm, hallo ... Eigentlich wollte ich zu Charlotte", stammelte Luke überrascht, als eine ihm unbekannte Frau im Türrahmen stand. Er hatte sie zuvor noch nie gesehen.

„Charlotte ist nicht da, sie hat heute die Frühschicht im Diner", erklärte die junge Frau, die Cody auf der Hüfte trug.

„Und du bist ...?"

„Ich bin Abigail, Charlottes beste Freundin – und die Patentante dieses kleinen Kerls."

Sie kitzelte Cody am Bauch, doch der starrte Luke lediglich überrascht an und stammelte ungläubig: „Luke spielen?"

Eine Woge des Glücks durchflutete ihn.

„Nein, heute leider nicht, Kumpel. Ich wollte mit deiner Mom sprechen", erklärte er mit einem liebevollen Lächeln.

„Charlotte arbeitet noch bis zwölf ... Oder Sie fahren raus zum Diner, wenn es dringend ist. Sie wissen doch, wo es ist?“, fragte Abigail und wirkte schlagartig hellwach. Anscheinend war ihr gerade klargeworden, wer vor ihr stand.

„Ja, das weiß ich. Vielen Dank für Ihre Hilfe, Ma'am.“ Luke tippte sich an den Hut und winkte Cody noch einmal zu, bevor er sich zum Gehen wandte.

***

Als Luke die Tür zum Diner aufstieß, machte sich sofort sein Magen bemerkbar, denn er hatte noch immer nichts gegessen. Freude stieg in ihm auf, als er Charlotte im hinteren Bereich des Restaurants erkannte, die den Gästen Kaffee einschenkte.

„Das ist aber eine Überraschung!“, rief Al aus der Durchreiche heraus, als er Luke beim Hereinkommen entdeckte.

„Al, schön, dich wiederzusehen!“, erwiderte Luke mit einem breiten Grinsen.

Schnell fuhr Charlotte herum, doch in ihrem Blick konnte er keine Freude entdecken, sondern nur blankes Entsetzen. Nach letzter Nacht konnte er sich nicht erklären, warum sie so reagierte. Sein Herz setzte einen schmerzhaften Schlag aus und das Grinsen wich aus seinem Gesicht, als ihn eine böse Vorahnung beschlich ... War der gestrige Abend für sie etwa nur eine schöne Ausnahme gewesen, die sie heute bereits bereute?

Al eilte aus der Küche und begrüßte Luke stürmisch. „Wie geht's dir, Junge? Wie lange ist es her, seit wir uns das letzte Mal gesehen haben?“

Luke wandte den Blick von Charlotte ab und konzentrierte sich auf Al. „Drei Jahre?" Zerknirscht sah er den Wirt an. Als er letztes Mal mit Scott hier gewesen war, war das Diner zu voll gewesen, um Al persönlich zu begrüßen.

Dann fragte Luke hoffnungsvoll: „Ich sterbe vor Hunger. Machst du immer noch diese leckeren Rühreier mit Cheddar?"

Kurz warf Al einen Blick zu Charlotte und verfrachtete Luke dann an den Tresen. „Aber sicher. Komm, setz dich hierher, dann können wir uns unterhalten."

Mit gesenktem Blick lief Charlotte an ihm vorbei, beinahe als wollte sie sich unsichtbar machen. Dachte sie wirklich, sie könnte ihn heute einfach ignorieren? Hatte sie ihm nur etwas vorgemacht und jetzt war wieder alles beim Alten? Er war hergekommen, um ihr sein Herz auszuschütten, sie zurückzuerobern, stattdessen zeigte sie ihm die kalte Schulter. Selbst als sie ihm Kaffee einschenkte, sah sie ihm nicht in die Augen.

Bevor sie sich abwenden konnte, griff er nach ihrem Handgelenk, doch ihre Tränen und der quälende Blick trafen ihn bis ins Mark.

„Charlotte, ist alles ok?", fragte er entsetzt. Sein Ärger war schlagartig verraucht.

Als sie weiterhin schwieg, begann er, Angst zu bekommen. So neben der Spur hatte er sie bisher noch nie erlebt. „Bitte sag mir einfach, was los ist!"

Die Tischklingel, die ein fertiges Essen ankündigte, kam ihm dazwischen. Hastig drehte sich Charlotte um, schnappte sich die beiden Teller und lief eilig zu den Gästen.

Luke fuhr sich mit der Hand über das Gesicht und beobachtete sie argwöhnisch. Mit einem aufgesetzten Lächeln servierte sie das Essen, wünschte den beiden einen guten Appetit und fing anschließend an, in aller Seelenruhe die Speisekarten auf den umliegenden Tischen aufzustellen.

Allmählich war er mit seiner Geduld am Ende. Er spürte, wie er vor Anspannung die Kiefer zusammenpresste. Mit einem Satz war er vom Barhocker heruntergesprungen, lief wütend auf sie zu und drehte sie unwirsch zu sich herum.

„Sag mir endlich, was los ist! Warum zeigst du mir plötzlich die kalte Schulter? Habe ich was falsch gemacht?" Panik ergriff ihn, weil er sich nicht erklären konnte, was hier gerade passierte.

Charlotte wich automatisch einen Schritt zurück und funkelte ihn wütend an. „Hättest du mich gestern nur nicht zu diesem *Spaziergang* überredet!" Noch nie hatte ihre Stimme so bissig geklungen.

Ruckartig ließ er sie los. Ihm lief es plötzlich eiskalt den Rücken runter. Seine Verzweiflung mischte sich mit der Wut, die nun die Oberhand gewann. „Dann rede doch endlich Klartext!"

Erst jetzt bemerkte Luke die neugierigen Blicke der Gäste und Als, der eilig aus der Küche kam.

Er schloss die Augen und atmete tief durch. Dann sah er sie eindringlich an und seine Stimme klang wieder gefasster. „Bitte sag mir einfach, was los ist, Charlotte."

Er sah ihr an, wie sehr sie sich quälte, wie viel Überwindung es sie kostete, die nächsten Worte auszusprechen. Ein paar Sekunden herrschte Stille, bevor es aus ihr herausbrach.

„Cody ist dein Sohn, in Ordnung?!“ Tränen standen ihr in den Augen, als sie ihn entschuldigend ansah.

Es dauerte einen Moment, bis ihre Worte seinen Verstand erreichten. Dann taumelte er zurück. „Was ...?“, stammelte er leise und starrte sie ungläubig an. Ihr Geständnis war ein Schlag ins Gesicht.

Er hob seine Hände und strich sich damit durch die Haare, um in seinem Nacken liegen zu bleiben. Wie in Trance registrierte er, dass Charlotte zu Al stürmte und nach einem kurzen Wortwechsel fluchtartig das Diner verließ.

Luke sank fassungslos auf die nächste Sitzbank. Er war Vater. Er hatte einen Sohn. Die Erkenntnis sackte immer tiefer. Das durfte doch alles nicht wahr sein. Dann wandelte sich der Unglauben schlagartig in Wut. Er konnte nicht glauben, dass Charlotte ihm das verschwiegen hatte. Zwei Jahre Vaterschaft, die er nie würde zurückholen können!

***

Immer noch zitterte Charlotte am ganzen Körper, als sie das schwere Eisentor zum Friedhof aufstieß. Wie in Trance war sie die kurze Strecke vom Diner hierhergefahren. Sie musste wie eine Verrückte ausgesehen haben, als sie mit ihrem Wagen über den geschotterten Feldweg gerast war.

Was war gestern Abend nur in sie gefahren, als Luke und sie derart die Beherrschung verloren hatten? Der Abend war perfekt gewesen, um ihm endlich von Cody zu erzählen. Stattdessen hatte sie erneut einen

Rückzieher gemacht und sie waren wie zwei ausgehungerte Liebende übereinander hergefallen.

Ein bitterer Beigeschmack mischte sich mit Scham, als sie an das Maisfeld dachte. Sie war wie Wachs in seinen Händen gewesen, unfähig, einen klaren Gedanken zu fassen, und hatte damit alles nur noch schlimmer gemacht.

Schluchzend lief Charlotte zu Beckys Grab, auf dem immer noch die Kränze der Beerdigung lagen, und blieb mit hängenden Schultern davor stehen. Noch nie hatte sie sich so hilflos und allein gefühlt. Sie würde alles dafür gegeben, wenn sie nur einen Moment mit ihrer Freundin haben könnte.

„Becky, du hattest mit allem so recht ... Ich hätte Luke von Anfang an von Cody erzählen sollen."

Charlotte kniete sich nieder und rückte den kleinen Engel zurecht, den sie gemeinsam mit ihrem Sohn aufgestellt hatte. Ihr Körper bebte, als sie sich mit beiden Händen am Boden abstützte, um Halt zu finden. Heiße Tränen liefen ihr über die Wangen.

Ihr Lügenkonstrukt war mit einem Mal in sich zusammengebrochen und es würde nicht mehr lange dauern, bis auch Joseph und Josie Bescheid wussten.

Schlagartig setzte sich Charlotte auf, als ihr klar wurde, dass Becky alles genau geplant hatte. Das Barbecue am knisternden Lagerfeuer hatte nur ihr und Luke gegolten. Becky hatte es mit Sicherheit darauf abgesehen, mithilfe der heimeligen Atmosphäre die romantischen Gefühle zwischen ihnen wieder zum Leben zu erwecken.

Sie konnte sich nicht erinnern, ihn jemals so wütend erlebt zu haben. Sie wusste selbst, dass der Diner denkbar ungeeignet gewesen war, um ihn mit der Wahrheit zu konfrontieren, aber sie hatte ihn nicht länger anlügen wollen. Für einen Moment hatte sie panische Angst gehabt, als er sie am Arm gepackt und zu sich herumgedreht hatte. Niemand hatte sie je so angefasst. Sein Blick war bedrohlich und beängstigend gewesen und erst als Al aus der Küche gestürmt war, hatte sich Luke wieder zusammengerissen.

Innerhalb weniger Sekunden hatte sich die Wut in seinen Augen jedoch in Schmerz verwandelt. Sie hatte sehen können, wie sehr ihr Geständnis ihn schockierte.

Charlotte schreckte auf, als sie das Schlagen einer Autotür hörte. Für einen Moment rechnete sie mit Luke. Es war doch möglich, dass auch er zum Friedhof kam. Als sie sich aufrichtete und die Tränen aus ihrem Gesicht wischte, entdeckte sie jedoch Al, der gerade das Tor aufdrückte.

Ein erleichtertes Lächeln zeichnete sich auf seinem runden Gesicht ab, als er auf sie zukam.

„Gott sei Dank geht es dir gut! Du solltest in solch einem Zustand nicht Auto fahren", tadelte ihr Chef sie besorgt.

„Mir geht es gut, Al", erwiderte Charlotte schnell und zwang sich zu einem Lächeln.

Argwöhnisch kniff dieser die Augen zusammen. „Das kannst du jemand anderem erzählen, aber nicht mir. Komm, setzen wir uns."

Gemeinsam nahmen sie auf einer Bank am Rand des Weges Platz, dann legte Al den Arm um Charlottes Schulter. Er trug immer noch seine Kochhose und das fleckige Shirt mit den Fettspritzern.

„Luke ist also Codys Dad?“, stellte er mit einem amüsierten Grinsen fest. „Du kannst dir nicht vorstellen, wie erleichtert ich darüber bin.“

Überrascht sah Charlotte auf.

„Na, ihr beide seid wie Pech und Schwefel. Heute genauso wie damals, nur dass ihr jetzt erwachsen seid. Vielleicht war es ganz gut, mal ’ne Pause einzulegen ... sich die Hörner abzustoßen.“

„Ich habe mir ganz gewiss nicht die Hörner abgestoßen“, erwiderte Charlotte mit einem empörten Schmunzeln. „Ich war schwanger!“

Entschuldigend zog Al die Schultern hoch. „Du weißt, was ich meine, Charlotte. Als ihr euch kennengelernt habt, wart ihr noch Teenager. Meine Schwester hat früh geheiratet und du weißt genau, wie das ausging.“

Charlotte nickte mitfühlend. Es war kein Geheimnis, dass beinahe alle Highschool-Ehen wieder geschieden wurden.

„Al, es tut mir leid, dass wir im Diner so einen Aufstand veranstaltet haben.“

„Mach dir keinen Kopf, es war ohnehin nichts mehr los. Viel wichtiger ist, dass Luke endlich Bescheid weiß.“

„Hat er noch irgendwas gesagt?“ Besorgt sah Charlotte zu Al. Luke musste am Boden zerstört sein.

„Nicht viel, wie du dir bestimmt denken kannst. Also in seiner Haut möchte ich im Moment nicht stecken.“

Als Blick wanderte zu Beckys Grab, dann bemerkte er mit trauriger Stimme: „Im Moment kommt alles auf einmal. Der arme Junge kann einem wirklich leidtun.“

12

„Unser nächstes Essen fällt aus? Aber ich habe doch extra meinen Angelausflug mit Daniel verschoben und einen Tisch reserviert.“ Joseph war irritiert und gleichzeitig enttäuscht, da er sich insgeheim schon auf das Treffen gefreut hatte. Er musste zugeben, dass ihn die gemeinsame Zeit auf andere Gedanken brachte und von seiner Trauer ablenkte.

„Luke kommt nicht“, erwiderte Josie knapp.

Misstrauisch beobachtete Joseph seine Tochter. Er kannte ihre Tricks nur zu gut. „Du verheimlichst mir was. Das sehe ich dir doch an!“

Nachdenklich nagte Josie auf ihrer Unterlippe und mied Josephs Blick.

„Raus mit der Sprache, junge Dame. Früher oder später erfahre ich es sowieso.“

„Ich glaube, du solltest dich lieber setzen, Dad.“

Da Joseph seiner Tochter ansah, dass sie es todernst meinte, beherzigte er ihren Ratschlag. Nervös fuhr er sich durch das schüttere Haar und sah sie erwartungsvoll an. „Na los, so schlimm kann es nicht sein.“

Josie setzte sich ebenfalls und griff nach Josephs Hand. „So wie es aussieht, haben Charlotte und Mom uns ganz schön an der Nase herumgeführt.“

„Was meinst du damit?“ Joseph wurde mit einem Mal blasser und blasser. Er wollte nicht glauben, dass Becky noch weitere Geheimnisse vor ihm gehabt hatte.

„Hast du dich nicht auch manchmal gewundert, warum die beiden immer noch unzertrennlich waren?“

Josie sah ihren Vater fragend an, doch der stand auf dem Schlauch.

„Sie waren eben befreundet. Außerdem wohnen Charlottes Eltern sehr weit weg. Da war es nur recht, dass wir uns um sie gekümmert haben."

Josie verdrehte die Augen. „Das ist alles, was dir dazu einfällt?" Mit liebevollem Ton fuhr sie fort: „Sind dir noch nie Codys graue Augen aufgefallen?"

In Josephs Kopf ratterte es auf einmal und ein Puzzleteil fügte sich zum anderen. Wie vom Donner gerührt sah er sie an. „Du willst sagen, dass Cody mein Enkelsohn ist?"

„Na endlich, Dad. Dann kannst du dir ja denken, wie es Luke gerade gehen muss. Er hat es heute Morgen erst erfahren."

Joseph sprang auf und lief in der Küche wütend auf und ab. Seinen ersten Schock hatte er schnell überwunden. „Ich glaub es nicht, dass sie uns nichts gesagt haben! Zwei lange Jahre!" Erst Beckys Testament, dann das Fotoalbum und jetzt Lukes Vaterschaft. So langsam fragte sich Joseph, was seine Frau sonst noch vor ihm geheim gehalten hatte. Es versetzte ihm einen Stich, dass sie nicht einmal mit *ihm* über Cody gesprochen hatte.

„Mir hat es auch keine Ruhe gelassen, deswegen habe ich Charlotte gleich danach angerufen. Mom musste ihr versprechen, nichts zu sagen. Charlotte wollte nicht, dass Luke nur aus Mitleid zurückkommt. Und ehrlich gesagt kann ich sie verstehen, sie hat schließlich auch ihren Stolz", klärte Josie ihren Vater weiter auf.

Plötzlich verrauchte seine Wut, als er daran dachte, wie sehr Becky Cody geliebt hatte. „Deine Mom war immer so glücklich, wenn sie von Charlotte und Cody zurückkam. Der Kleine hat es jedes Mal geschafft, sie aufzuheitern“, bemerkte Joseph mit einem traurigen Lächeln. „Ohne Cody wären die letzten Monate grauenvoll für sie gewesen.“

Seine Gedanken wanderten zu Luke, denn um seinen Sohn machte er sich im Moment größere Sorgen. „Wann hast du mit ihm telefoniert?“ Betroffen sah Joseph zu seiner Tochter.

„Heute Vormittag, als du draußen warst. Ich habe ihn noch nie so wütend erlebt. Erst als er kapiert hat, dass wir auch nichts wussten, hat er sich etwas beruhigt.“

Joseph setzte sich nun wieder auf den Stuhl und fuhr sich nachdenklich über das Gesicht. Auch wenn ihm in den letzten Jahren das Verständnis für Lukes Entscheidungen gefehlt hatte, traf es ihn tief, dass man seinen Sohn gänzlich ausgeschlossen hatte. Niemand verdiente so etwas. Charlotte mochte ihre Gründe gehabt haben, aber Luke hätte doch verdammt noch mal ein Recht darauf gehabt, die Wahrheit zu erfahren. Josephs Gedanken wanderten zu Cody. Jedes Kind verdiente einen Dad, der für einen da war.

Unmerklich zuckte er zusammen, als ihm die Ironie seiner Gedanken bewusst wurde. Was war er nur für ein sturer Esel? Selbst als Luke mit seiner Band erste Erfolge gefeiert hatte, war er nicht imstande gewesen, über seinen Schatten zu springen oder seinen Fehler einzugestehen.

Plötzlich liefen Josie Tränen über die Wangen. „Was wird nun aus den Essen? Wir können Mom doch nicht enttäuschen und ihren letzten Wunsch einfach fallen lassen."

Josephs Augen füllten sich ebenfalls mit Tränen, weshalb er aufstand und sich zu seiner Tochter setzte, um sie in die Arme zu nehmen. „Wenn ich das nur wüsste, meine Kleine. Aber was Charlotte und Luke angeht, sind mir die Hände gebunden."

13

Drei Tage hatte sich Luke rargemacht. Auf die Anrufe von Josie hatte er nur kurz angebunden reagiert und Charlottes Nummer hatte er gleich weggedrückt oder es einfach klingeln lassen. Was ihn aber noch mehr schmerzte als die Tatsache, dass man seinen Sohn vor ihm verheimlicht hatte, war die, dass nicht einmal seine Mom ehrlich gewesen war. Wie hatte sie normal mit ihm reden können, ohne ihm von Cody zu erzählen? Es war ein seltsames Gefühl, wenn sich Trauer und Enttäuschung vermischten.

Luke griff nach der Flasche mit Bier, die vor ihm auf dem Tresen stand, und leerte den Rest in einem Zug – dabei war es erst Vormittag. Zornig schleuderte er sie mit aller Kraft in die Box, die eigentlich für Leergut vorgesehen war. Er hatte so eine Wut, dass er am liebsten den ganzen Laden auseinandergenommen hätte.

Der *Club* war sein Baby – *darum* hatte er sich in den letzten Monaten gekümmert. Während Charlotte ihm seinen eigenen Sohn vorenthalten hatte, dem er die Zeit eigentlich hätte schenken sollen! Wie viel hatte er schon verpasst? Codys erstes Wort, die ersten Schritte, das erste Lächeln? Je mehr er weiterdachte, umso weiter steigerte er sich hinein.

Ruckartig stand Luke auf und der Barhocker ging mit einem lauten Schlag zu Boden. Am liebsten wäre er auf der Stelle zurück nach Gainesville gefahren und hätte Charlotte angeschrien, sie zur Rede gestellt, was sie sich nur dabei gedacht hatte. Dabei wusste er die Antwort darauf schon von seiner Schwester. Charlotte hatte ihm nicht im Weg stehen wollen. Sie hatte nicht gewollt, dass er wegen ihr und einer Nacht der Unachtsamkeit alles aufgab.

Wütend lief er vor der Theke hin und her. Hatte er mittlerweile nicht genug gebüßt? Für seinen Traum hatte er so vieles aufgegeben. Charlotte, seine Familie und jetzt reihte sich auch noch sein Kind in die Liste ein. Cody. Nie zuvor hatte Luke so viel Bedauern gespürt. Er fühlte sich um die verlorenen Jahre betrogen und niemand konnte daran etwas ändern.

Am liebsten hätte er den Club die restliche Woche geschlossen, um sich von dem Rest der Welt abzuschotten. Aber wie hieß es so schön – *the show must go on*. So war es schon immer gewesen und so würde es immer bleiben.

Luke hörte ein Knacken an der Tür und entdeckte Kasey, die mit ihrem Gitarrenkoffer in der Tür stand.

„Kann ich reinkommen?" Fragend sah sie ihn an und trat dann, als Luke nicht reagierte, ein. Ihr Tagesoutfit unterschied sich kaum von ihrem Bühnenoutfit. Sie trug wie immer eine enge Jeans und eine knappe Bluse, die lässig über dem Bauchnabel geknotet war. Für einen Moment ertappte sich Luke dabei, wie er sie anstarrte, bückte sich jedoch schnell nach dem Hocker, um ihn wieder aufzustellen.

Amüsiert zog sie eine blonde Augenbraue nach oben. „Störe ich?" Ihr Blick fiel auf den Barhocker und auf eine weitere Flasche Bier, die auf dem Tresen stand.

„Nein, du doch nicht." Luke zwang sich zu einem Lächeln und setzte sich wieder auf den Hocker. „Was verschlägt dich so früh hier her?“, fragte er betont lässig.

„Mir ist da eine Idee gekommen“, erwiderte sie geheimnisvoll und lehnte sich gegen den Tresen. Um ein Haar hätte sich Luke an seinem Bier verschluckt. War Kasey denn nicht bewusst, wie aufreizend sie gerade wirkte? Zwischen ihnen war nie mehr gelaufen als eine freundschaftliche Begrüßung, aber gerade sah es so aus, als wollte sie ihn mit voller Absicht scharfmachen. Der Stoff ihrer Bluse spannte über ihrer üppigen Brust und ihr Dekolleté wirkte weitaus offenherziger als sonst.

„Eine Idee?“, fragte Luke ruhiger, als er tatsächlich war.

Langsam fuhr sie mit dem Finger über seinen Unterarm und zeichnete dann eine Linie auf seinem Oberschenkel. „Was hältst du davon, wenn wir heute Abend zusammen singen? Deinen neuen Song vielleicht?“, säuselte sie.

Noch vor einigen Monaten hätte er sich auf ihr Spiel eingelassen, sich geschmeichelt gefühlt und sie mit Sicherheit ebenso ungeniert angefasst. Aber jetzt stieß sie auf Granit.

„Keine Chance, diesen Song nicht.“

Unzufrieden schob sie ihre Unterlippe vor und zog einen Schmollmund. „Ich verstehe nicht, warum du dich so zierst. Der Song wäre perfekt für ein Duett. Jeff ist da ganz meiner Meinung.“

Jeff. Dieser Name ließ Lukes Stimmung direkt wieder aufkochen. „Hat Whitfield dich etwa geschickt, um mich umzustimmen?“ Seine Stimme überschlug sich fast vor Wut.

„Nein, das nicht“, erwiderte Kasey kleinlaut und trat einen Schritt zurück. Man konnte ihr den Schreck ansehen. „Aber er hat mich diese Woche wegen eines Vorsingens kontaktiert.“

Unmerklich schüttelte Luke den Kopf. Er konnte nicht glauben, dass sich sein ehemaliger Plattenboss so schnell auf Kasey gestürzt hatte. Und sie hatte den Köder natürlich geschluckt, so wie er damals auch.

Eindringlich sah er sie an. „Nimm dich vor ihm in Acht. Ich weiß, wovon ich spreche.“

„Aber es gibt keinen besseren in Nashville, diese Chance kann ich mir nicht entgehen lassen“, protestierte Kasey und wirkte auf einmal völlig verzweifelt.

„Hör zu, Kasey, es ist allgemein bekannt, dass er nicht nur das Tonstudio mit seinen weiblichen Stars teilt.“ Luke erinnerte sich an zahlreiche Momente, in denen er Jeff mit jungen Sängerinnen in eindeutigen Situationen vorgefunden hatte.

Mit einem Mal wurde sein Schützling blasser und blasser. Man konnte ihr förmlich ansehen, wie sich ihr Traum vom Plattenvertrag in Luft auflöste.

„Und ich dachte noch, so viel Glück kann man doch nicht haben“, erwiderte Kasey niedergeschlagen und setzte sich auf den Barhocker neben Luke.

Luke legte ihr tröstend eine Hand auf den Arm. Er wusste, wie niederschmetternd es war, die Träume geraubt zu bekommen. Aber er wollte nicht, dass sie genauso ausgenutzt wurde wie er. „Tut mir leid. Aber weißt du, was? Sing doch dein Duett vorerst mit Trace. Er würde sich bestimmt freuen.“

14

Joseph parkte seinen alten Truck vor dem *Bluebird* und sah skeptisch aus dem Fenster. Hier arbeitete Luke jetzt also. Er konnte sich beim besten Willen nicht vorstellen, dass es seinen Sohn nach so einer Karriere zufriedenstellte, nur noch in einer Bar zu kellnern.

Joseph sprang aus dem Wagen und registrierte sofort den melodischen Bass eines Countrysongs. Mittlerweile hatte er eingesehen, wie falsch er in all den Jahren gelegen und, viel wichtiger, er sich wie ein kompletter Vollidiot benommen hatte. Deswegen hatte er sich direkt nach der Arbeit in sein Auto gesetzt und auf den Weg nach Lancaster gemacht. Er wollte mit Luke reden. Sein Sohn besaß ein unglaubliches Talent, gepaart mit einem charmanten Aussehen. Jeder, der in der
Countryszene etwas zu sagen hatte, wäre ein Narr, Luke Walker nicht unter Vertrag zu nehmen. Davon war er inzwischen überzeugt, nachdem er sich das Fotoalbum genauer angesehen und den Song *Caroline* den ganzen Tag rauf und runter gespielt hatte.

Umso mehr ärgerte es ihn jetzt, dass sein Sohn nach all den Strapazen alles hingeschmissen hatte und in so einer Spelunke arbeitete. Von außen wirkte der Club nicht gerade ansehnlich, beinahe verwahrlost.

Joseph stieß die Tür auf und trat ein. Schlagartig änderte er seine Meinung, als der Anblick des Inneren ihn überwältigte. Der schöne Dielenboden fiel ihm zuerst ins Auge, dann bemerkte er die gemütlichen Nischen und die stimmungsvollen Lichterketten, die sich quer durch den Raum, vielmehr Saal spannten. Die Musik war noch nicht zu laut, sodass man sich beim Essen gut unterhalten konnte. Joseph beschloss, sich am Tresen niederzulassen.

„Guten Abend, Sir. Was darf's sein?“, fragte ihn ein junger Barkeeper freundlich und sah ihn abwartend an.

Joseph neigte höflich den Kopf, ehe er seine Bestellung aufgab. „Bringen Sie mir bitte ein Budweiser und eine Portion Spareribs. Und können Sie mir sagen, ob Mr Walker heute arbeitet?“

„Ähm, ja. Natürlich arbeitet er heute“, erwiderte der Mann mit überraschter Stimme.

Joseph nickte zufrieden, gleichzeitig machte sich ein aufgeregtes Flattern in ihm breit. Wie würde sein Sohn wohl auf seinen Überraschungsbesuch reagieren? Nachdem Luke alle Anrufe ignoriert hatte, war Joseph nichts anderes übrig geblieben, als persönlich nach Lancaster zu fahren, um nach dem Rechten zu sehen.

Der Angestellte steckte seinen Kopf in eine Durchreiche schräg hinter ihm und sagte: „Boss, hier ist ein Mister, der dich sprechen will.“ Dann drehte er sich wieder um und wandte sich mit einem breiten Lächeln an seinen Gast. „Einen Moment, er kommt sofort.“

Ehe Joseph sich fragen konnte, warum der Mann Luke mit „Boss“ angesprochen hatte, stand sein Sohn vor ihm.

„Dad?“ Luke schien ebenso überrascht wie entsetzt. „Was machst du denn hier?“

Joseph musste nicht antworten, denn Luke schien die Sorge in seinem Blick gesehen zu haben und schnell kam er hinter dem Tresen hervor.

„Lass uns nach oben gehen. Dort können wir in Ruhe reden."

Langsam stand Joseph auf und sah sich fragend um. „Du bist der Eigentümer?"

Luke blieb ruckartig stehen, denn Joseph versuchte gar nicht erst, die Anerkennung in seiner Stimme zu unterdrücken. Er hatte Luke so lange unterbewertet und falsch eingeschätzt. Sein Sohn war nicht nur ein erfolgreicher Sänger geworden, sondern auch Geschäftsmann. Stolz schwelte in seiner Brust.

„Jep. Es war eine Menge Arbeit, aber es hat sich gelohnt", antwortete Luke mit einem vorsichtigen Lächeln.

Dann stiegen die beiden Männer stillschweigend die Stufen ins Obergeschoss hinauf und betraten schließlich Lukes privates Reich.

Interessiert sah sich Joseph für einen Moment um und bemerkte bewundernd: „Die Wohnung ist unglaublich, ebenso wie der Club. Du kannst stolz auf dich sein."

Joseph entdeckte die gerahmten Familienfotos auf der Kommode und griff nach jenem, das Charlotte zeigte.

„Glaub mir, Junge, es war für mich ebenfalls ein Schock", sagte er und sprach damit Cody an.

„Mom hat es also auch vor dir geheim gehalten?"

Joseph nickte betroffen. „Ganz genau. Aber ich kann ihr nicht wirklich böse sein. Ich denke, sie hatte einfach nur Angst, Charlotte und Cody zu verlieren. Schließlich hätte sie jederzeit wegziehen können, nachdem es zwischen euch aus und ihre Eltern weg waren." Joseph atmete hörbar aus und stellte den Bilderrahmen wieder zurück. „Es hätte ihr das Herz gebrochen."

Luke nickte nachdenklich. „Von dieser Seite habe ich das Ganze noch gar nicht gesehen. Es ist schön, dass sie noch etwas Zeit miteinander hatten. Der Kleine hat sie bestimmt von der ersten Sekunde an um den kleinen Finger gewickelt."

„Ja, allerdings. Deine Mom war vernarrt in ihn, was ja nicht allzu schwer ist. Ich hab mich oft gefragt, warum sich der kleine Frechdachs so schnell in mein Herz geschlichen hat – jetzt weiß ich, warum." Allein bei dem Gedanken an ihn wurde sein Herz warm. Zu wissen, dass dieser Junge nun zu seiner Familie gehörte, machte ihn glücklich.

Ein Klopfen an der Tür ließ die beiden aufhorchen.

„Boss, die Spareribs sind fertig", klang es gedämpft durch die geschlossene Wohnungstür.

„Einen Moment, Trace, ich komme", erwiderte Luke schnell und eilte zur Tür, um diese zu öffnen.

Mit schnellen Schritten war Joseph zu seinem Sohn aufgeschlossen, um ihm zu helfen, dann fiel sein Blick auf den Teller. „Danke für's Hochbringen. Das sieht lecker aus." Mit leuchtenden Augen nahm er die große Portion Spareribs und das Glas Bier entgegen.

„Sehr gerne. Und, Luke?", fuhr Trace an seinen Boss gewandt fort. „Lass dir Zeit, wir kommen heute auch gut ohne dich aus."

„Alles klar, Trace", erwiderte sein Sohn mit einem Schmunzeln und klopfte seinem Angestellten zum Abschied auf die Schulter, ehe er die Tür schloss.

„Ein sehr netter Bursche", bemerkte Joseph anerkennend.

„Ja, ich habe ein Riesenglück mit ihm. Auf ihn ist immer Verlass“, schwärmte Luke, als sie gemeinsam zum Esstisch gingen, der sich am anderen Ende des Zimmers gleich neben der Küche befand. „Setz dich, Dad, und lass es dir schmecken.“

Joseph kam Lukes Aufforderung nach und griff hungrig nach dem ersten Stück. „Danke. Sie riechen fantastisch!“ Nach dem ersten Bissen schloss er genießerisch die Augen. „Und schmecken tun sie auch. Beinahe so, wie deine Mom sie immer eingelegt hat.“

Luke nickte bestätigend. „Ich habe nur darauf gewartet, ob es dir auffällt.“

Plötzlich legte Joseph das angeknabberte Stückchen nieder und wischte sich die Finger ab. „Luke, ich bin nicht nur hergekommen, um über Charlotte und Cody zu sprechen. Diese Sache müsst ihr unter euch ausmachen und ich hoffe, dass ihr schnell eine Lösung findet.“ Betroffen sah er Luke an und versuchte, in dessen Gesicht zu lesen, was ihm jedoch nicht gelang. „Aber vielleicht können *wir* heute zumindest einen ersten Schritt machen?“, fragte er hoffnungsvoll.

Joseph sah, wie sich Lukes Blick verdunkelte. „Warum jetzt? Wenn Mom nicht die Essen arrangiert hätte oder noch leben würde, hätte sich nichts geändert.“

Joseph zuckte bei Lukes scharfen Worten zusammen. Er wusste, dass er durch dieses Eingeständnis nicht mehr wie der strenge Patriarch wirkte, der gerne alle Fäden in der Hand hielt. Trotzdem ließ er sich nicht einschüchtern. Er wollte ihre Beziehung endlich wieder kitten. Sie waren eine Familie und er wollte nicht irgendwann bereuen, aus falschem Stolz gezögert zu haben.

„Vermutlich nicht. Und es tut mir unendlich leid, dass es erst so weit kommen musste, damit ich meinen Fehler eingestehe."

Müde fuhr sich Luke mit der Hand über das Gesicht. „Ich habe keine Ahnung, was ich dir überhaupt noch glauben soll."

„Bitte, Luke. Ich will dir beweisen, dass ich es ernst meine!"

Luke musterte seinen Vater argwöhnisch. „Das heißt, du akzeptierst endlich, dass *Musikmachen* ein richtiger Job ist?"

Joseph nickte nachdrücklich. „Ja, auch wenn ich dazu fast drei Jahre gebraucht hab. Glaub mir, mittlerweile hab sogar ich kapiert, dass du dich damals richtig entschieden hast. Bitte, mein Junge, ich will nicht auch noch dich für immer verlieren."

***

Bedächtig griff Luke nach dem Bier, das eigentlich für seinen Vater gedacht war, und nahm einen tiefen Schluck, während er die letzten Wochen und die eben gesprochenen Worte Revue passieren ließ. Im Grunde war er Joseph gar nicht mehr böse. Er hatte schon vor Monaten erkannt, dass sie beide einfach zu unterschiedlich waren und in ihren eigenen Welten lebten. Dennoch wühlte ihn das Bekenntnis seines Vaters tief auf. Er konnte sich nicht erinnern, dass dieser Mann jemals über seine Gefühle oder Ängste gesprochen hätte.

Langsam setzte er das Glas ab und sah seinen Dad eingehend an. Er hatte einen Entschluss gefasst. Es war Zeit für einen Neuanfang und er war seiner Mom unendlich dankbar, dass sie dafür gesorgt hatte.

15

Entschlossen klopfte Luke eine Woche später an Charlottes Haustür, das Geschenk für Cody mit der anderen Hand haltend. Er hatte mit sich gerungen und sich in Selbstmitleid gesuhlt, bis er schließlich eingesehen hatte, dass er sich wie ein Kleinkind benahm. Das war doch der Sinn hinter all den Essen gewesen, die seine Mom geplant hatte – dass es endlich zu einer Aussprache kam. Und zu erkennen, dass es wichtigere Dinge im Leben gab, als sich mit Wut aufzuhalten.

Als niemand die Tür öffnete, klopfte Luke erneut, da er dachte, dass man ihn nicht gehört hatte. Dem Geräuschpegel nach zu urteilen, war Codys Geburtstagsparty bereits in vollem Gange. Aber nicht Charlotte öffnete ihm schlussendlich, sondern sein Dad – mit einem winzigen Partyhut auf dem Kopf.

„Wirklich schick, Dad", bemerkte Luke grinsend und drückte ihn kurz. „Komme ich zu spät?", fragte er dann verunsichert, da ihn allmählich der Mut verließ.

„Nein, komm schnell rein, du kommst genau richtig. Gleich gibt's Codys Geburtstagstorte."

Luke konnte gar nicht beschreiben, wie erleichtert er mittlerweile über die längst überfällige Aussprache mit seinem Dad war. Sie hatten an jenem Abend in Lancaster noch lange zusammengesessen, um zumindest einen Teil ihrer verlorenen Zeit nachzuholen und sich gegenseitig auf den neuesten Stand zu bringen. Irgendwann waren sie sogar noch nach unten in seinen Club gegangen.

Als seine Gedanken jetzt jedoch zu Charlotte wanderten, rutschte ihm das Herz in die Hose. Er hatte sie seit dem Barbecue vor zwei Wochen nicht mehr gesehen und auch auf ihre Anrufe nicht reagiert. Es würde ihn nicht wundern, wenn sie ihn hochkant vor die Tür werfen würde. Aber er hatte ihr an jenem Abend gesagt, dass er kommen würde – und er hielt immer sein Wort.

Es waren mehr Gäste da, als er angenommen hatte. Neben seiner Familie erkannte er Charlottes Freundin Abigail, Daniel, Al sowie einige Nachbarn.

Ohne Aufsehen zu erregen, stellte er sich hinter ein paar der Gäste, da Charlotte genau in diesem Moment mit einer gigantischen Fondanttorte aus der Küche kam. Beinahe gleichzeitig stimmten die Gäste das Ständchen an, doch Codys Aufmerksamkeit galt nicht mehr dem mit Zuckerguss überzogenen Truck, sondern Luke. Freudestrahlend lächelte er diesen an.

Bei Codys Anblick ging Luke das Herz auf. Glück durchflutete seinen Körper und er wusste, dass er um nichts in der Welt einen weiteren Geburtstag seines Sohnes verpassen wollte.

Charlotte, die Luke jetzt auch bemerkt hatte, stellte die Torte auf dem Esstisch ab und sicherte sich so wieder Codys Aufmerksamkeit. Sie hatte Tränen in den Augen, als sie ihn an sich drückte und ihm dann ein großzügiges Stück Torte abschnitt. Luke konnte den Blick nicht von ihr abwenden und starrte sie unverwandt an. Er liebte sie immer noch, daran bestand kein Zweifel mehr. Er würde sie für immer lieben. Die letzten Wochen sowie die Tatsache, dass sie sich trotz der fast drei Jahre Trennung innerhalb weniger Tage wieder in sein Herz geschlichen hatte, bewiesen es.

Doch Charlotte schaute nicht auf, sondern beschäftigte sich damit, die Gäste zu versorgen. Hatte sie beschlossen, ihn heute zu ignorieren, nachdem er sie nicht mehr an sich herangelassen hatte?

Luke gesellte sich nun ebenfalls zu den Gästen, immer noch Codys Geschenk unter dem Arm. Aber auch wenn Charlotte noch so unauffällig tat, er spürte, dass sie ihn anstarrte. Was hätte er für ihre Gedanken gegeben?

Ihre Blicke trafen sich und für einen Moment schien die Zeit stillzustehen. Der Trubel um sie herum trat in den Hintergrund, drang nur noch wie im Traum zu ihm durch. Er konnte nicht länger warten.

Entschlossen lief er zu ihr hinüber, griff nach ihrer Hand und zog sie, ohne ein Wort zu sagen, mit in die kleine Küche. Ihm war egal, was die anderen dachten. Er musste endlich mit Charlotte reden und konnte keine Sekunde länger warten.

Ehe sie protestieren konnte, hob er ihr Kinn an und gab ihr einen langen Kuss. Dann musterte er sie eindringlich. Sie hatte sich zumindest nicht gewehrt.

„Sollen wir jetzt die ganze Zeit umeinander herumschleichen?“, fragte er rauer als beabsichtigt.

Charlotte senkte den Blick. „Können wir nicht nachher reden? Die Gäste warten und ich will nicht, dass Cody sich wundert, wo ich stecke.“

„So wie es aussieht, vermisst Cody dich im Moment nicht. Im Gegenteil, er ist gerade dabei, mit Dad die Geschenke auszupacken.“

„Bitte, Luke, das hat doch Zeit bis nachher“, bat Charlotte nun eindringlicher.

„Es hat Zeit? Genauso wie ich die letzten drei Jahre Zeit hatte?" Lukes Stimmung kippte. „Hättest du mir überhaupt von ihm erzählt, wenn Mom nicht diese Essen arrangiert hätte?" Luke stand dicht vor ihr und zwang sie so, ihn anzusehen.

„Du warst auf Tournee. Jeden Tag in einer anderen Stadt. Wie hätte ich dich da erreichen sollen?", fragte Charlotte nun wenig überzeugend. „Und sag mir nicht, du hättest alles stehen und liegen lassen, alles aufgegeben!"

Luke lachte sarkastisch auf. „Wie schön, dass du mir diese Entscheidung abgenommen hast! Denkst du wirklich, ich wäre nicht zurückgekommen?", fragte er fassungslos. Er konnte kaum glauben, dass Charlotte ihn so schlecht kannte.

„Du wärst nur wegen Cody zurückgekommen", erwiderte sie mit einem Flüstern, „und nicht unseretwegen. Du bist einfach abgehauen."

Luke musste sich setzen, als er realisierte, dass Charlotte nicht ganz unrecht hatte. Vielleicht kannte sie ihn doch besser als er sich selbst.

„Hätte ich dir von Cody erzählt, hättest du für ihn deine Träume aufgegeben. Und wofür? Damit du mich den Rest deines Lebens hasst? Womöglich hättest du mir noch unterstellt, mit Absicht schwanger geworden zu sein", fuhr Charlotte mit bebender Stimme fort.

Luke sah Charlotte an, die nun am ganzen Leib zitterte. Unruhig stand er wieder auf und lief hin und her. Die Situation war so verfahren, dass er nicht wusste, was er überhaupt noch denken sollte.

„Ich wäre zurückgekommen, euer beider wegen. Ja, ich wollte Karriere machen, aber nicht für diesen Preis. Hältst du mich für so herzlos?“

Lukes Stimme brach. Er konnte sich nicht helfen und vor allem nicht begreifen, dass Charlotte wirklich so schlecht von ihm dachte.

„Wie viel hast du Cody erzählt? Was sagst du ihm, wenn er nach seinem Dad fragt?“

Erschrocken starrte Charlotte ihn an. Luke wusste sofort, was in ihrem Kopf vor sich ging: Cody hatte noch nie nach seinem Dad gefragt. Der Schmerz, der sich daraufhin in seinem Herzen ausbreitete, war kaum mehr auszuhalten. Cody wusste nicht einmal, dass ihm etwas fehlte. Auch wenn diese Tatsache auf der einen Seite tröstlich war, war sie andererseits unendlich traurig.

„Luke ...“ Charlottes Stimme klang sanft, als sie auf ihn zuging. „Bitte glaub mir, ich wollte dich nie verletzen.“

Tränen schimmerten in Lukes Augen, als er sie endlich ansah. Sie hatten beide Fehler gemacht, daran bestand kein Zweifel ... Aber war es nicht endlich an der Zeit, einander zu verzeihen? Trotz all der Vorwürfe, die sie sich machten, liebte er sie und wünschte sich nichts weiter, als bei ihr zu sein. Bei ihr und Cody.

Luke griff nach ihrer Hand und zog sie an sich. Stumm schloss er seine Arme um sie.

„Und wie soll es nun weitergehen?“, fragte Charlotte leise.

Tief atmete Luke durch. Sie musste sein rasendes Herz an ihrer Brust spüren.

Als er die folgenden Worte sprach, bebte seine Stimme ganz leicht. „Wie wär's, wenn wir einfach noch mal von vorne anfangen? Ohne Geheimnisse. Ich will, dass das mit uns funktioniert. Ich möchte ein Teil von Codys Leben sein. Er ist mein Sohn und ich will für ihn und für dich da sein."

Er meinte jedes Wort, aber er wusste auch, dass ihre Beziehung ziemlich zerrüttet und zerbrechlich war.

Charlotte schluckte, aber ein vorsichtiges Lächeln stahl sich auf ihre Lippen, als sie zu ihm aufblickte. „Versprochen. Nichts lieber als das. Du bist bestimmt ein großartiger Vater. Danke, dass du uns diese Chance gibst."

„Honey, hast du immer noch nicht kapiert, wie verrückt ich nach dir bin?", raunte er ihr ins Ohr. „Und jetzt lass uns schnell rübergehen. Ich will unserem Sohn endlich zum Geburtstag gratulieren."

Becky

Mit einem zufriedenen Lächeln sah Becky auf Luke, Charlotte und Cody herab. Sie konnte immer noch nicht glauben, dass ihr Plan tatsächlich aufgegangen war. Wer hätte gedacht, dass ein einfaches Kochbuch ihre Familie wieder vereinen würde? Dabei war ihr die Idee eher zufällig gekommen, als sie ihre alten Aufschriebe durchgesehen hatte. Und so war aus einem schlichten Notizbuch mit viel Liebe etwas ganz Besonderes geworden – ein Teil von ihr würde dadurch für immer weiterleben.

Liebevoll betrachtete sie Josie und Joseph, die gerade damit beschäftigt waren, die Gäste zu bewirten. So wie es aussah, war Codys Geburtstagstorte nicht nur optisch der Knaller, sondern auch ziemlich lecker.

Ein amüsiertes Lächeln zeichnete sich auf Beckys Gesicht ab, als sich Joseph mit zwei Kuchentellern geschickt zwischen den Gästen hindurchschlängelte und sogar die ein oder andere Tasse Kaffee nachschenkte. Es machte sie unsagbar glücklich, dass auch er endlich hinter Luke und seiner Musik stand.

Apropos Musik. Becky musste immer noch schmunzeln, als sie an Lukes letzten Auftritt und die Premiere seines neuesten Songs dachte. An diesem Abend war sie ihrem Sohn ganz nahe gewesen und sie war sich sicher, dass Luke es gespürt hatte. Nur so konnte sie sich erklären, dass ihm mitten im Refrain der perfekte Titel für dieses Lied eingefallen war. Sein überraschter Gesichtsausdruck war Gold wert gewesen, aber zum Glück hatte sich Luke nach einem kurzen Aussetzer schnell wieder gefangen.

Wie gerne wäre sie selbst einmal ins Bluebird *gegangen … Nicht nur, um Luke spielen zu hören, sondern auch, um diesen Trace etwas genauer unter die Lupe zu nehmen. Ihre Josie und der fleißige Barkeeper würden das perfekte Paar abgeben.*

Mit einem seligen Lächeln betrachtete sie dann ihren Enkelsohn. Endlich hatte ihr kleiner Cody Mutter und Vater – so, wie es sein sollte. Nicht auszudenken, wenn ihr Plan schiefgegangen wäre und er seinen Dad nie kennengelernt hätte.

Cody schenkte Luke ein strahlendes Lächeln, bei dem Becky das Herz aufging. Sie könnte den beiden ewig zusehen, wie sie gemeinsam am Boden saßen und die neuen Spielzeuge testeten. Dabei wirkte Luke so unbefangen und glücklich, als hätte er nie etwas anderes gemacht.

Zufrieden lehnte sich Becky zurück. Ihre Arbeit war getan. Sie konnte sich nun getrost zurückziehen, denn sie wusste jetzt, dass ihre Lieben es gemeinsam schaffen und durch ihre Leidenschaft für das Kochen und dank ihres Rezeptbuches für immer verbunden sein würden.

Epilog

Ein Jahr später

„Ladies and Gentlemen, begrüßen Sie mit mir Luke Walker und seinen brandneuen Song *Last Wish*!"

Unter tosendem Applaus betrat Luke die Bühne der *Grand Ole Opry* in Nashville und stimmte nach einer kurzen Begrüßung des Publikums die ersten Akkorde seines neuesten Hits an. Sein Blick glitt dabei automatisch zur ersten Reihe, wo Charlotte und Cody saßen. Dieser Song galt nur den beiden.

Er schenkte seiner Frau ein hinreißendes Lächeln und zwinkerte ihr kurz zu, dann fiel sein Blick auf Cody, der immer noch aufgeregt applaudierte, während Joseph alles mit seiner Kamera aufnahm.

Charlottes Eltern, die mittlerweile wieder zurück nach Gainesville gezogen waren, befanden sich ebenfalls unter den Zuschauern. Er war unendlich dankbar, dass sie alle ihn heute Abend unterstützten, denn dieser Auftritt bedeutete ihm sehr viel. Durch ihn hatte er gute Chancen auf eine Nominierung bei den *Country Music Association Awards.*

Charlotte winkte ihm verstohlen zu und in ihrem Blick sah er Stolz. Er war überglücklich, dass sie mittlerweile an einem Strang zogen. Für Cody und Charlotte hätte er sofort alles aufgegeben, er hätte keine Sekunde gezögert. Doch dank ihrer Unterstützung hatte er wieder damit begonnen, regelmäßig aufzutreten. Seine Familie stand nun voll hinter ihm und er konnte sich nicht vorstellen, dass sein Glück noch zu toppen wäre. Mal abgesehen von dem kleinen Mädchen, das sie in wenigen Wochen erwarteten.

Als Lukes raue Stimme einsetzte, war es im Saal schlagartig mucksmäuschenstill. Nur Luke und seine Gitarre. Mehr brauchte es für diesen Song nicht.

***

Charlotte sah sich um und registrierte die vielen Zuschauer, denen bei Lukes Song ebenfalls die Tränen kamen. Selbst jetzt, nachdem sie *Last Wish* schon Hunderte Male gehört hatte, versetzte sie der Song in eine melancholische Stimmung, wenn Luke von Familie und Dankbarkeit sang. Er rüttelte einen auf, er machte deutlich, was wirklich wichtig war. Dieser Song erzählte nicht nur ihre eigene Geschichte, sondern auch so viele andere. Wer vergaß nicht, im Trubel des Alltags innezuhalten und dankbar zu sein?

Immer noch spürte Charlotte Lukes Blick auf sich ruhen und jedes einzelne Wort kam tief aus seinem Herzen. Sie zog Cody an sich, während sie Luke versonnen anlächelte – ihren Mann und den Vater ihrer Kinder. Wenn sie an die letzten Monate dachte, erschien ihr alles wie in einem schönen Traum.

Kurz nach ihrer Versöhnung war Luke zu ihr und Cody gezogen und wenige Wochen später hatten sie sich bei einer kleinen Zeremonie im Garten der Walkers das Ja-Wort gegeben.

Liebevoll strich Charlotte ihrem Sohn über das Haar, der sich nur ungern von seinem neuen Cowboyhut getrennt, ihn aber der Etikette wegen ausgezogen hatte. Er wurde Luke von Tag zu Tag ähnlicher. Mittlerweile konnte nichts mehr darüber hinwegtäuschen, dass sie Vater und Sohn waren.

Tief sog sie seinen Duft ein, wobei ihr erneut Tränen kamen. Sie hätte ihre Gefühle einfach auf die Schwangerschaft schieben können, aber das war nicht der Grund. Sie war einfach unbeschreiblich glücklich. Manchmal konnte sie selbst kaum glauben, dass dieser sexy Mann auf der Bühne nur ihr gehörte.

Mit einem Kribbeln verfolgte sie, wie er mit seinen schlanken Fingern über die Saiten fuhr, dabei spannten sich die Muskeln in seinen Unterarmen leicht an. Das schwarze Hemd, das er an diesem Abend trug, war bis zu den Ellbogen aufgerollt und umspannte seine Oberarme. Zusammen mit seiner rauen Stimme, die sie tief im Inneren berührte, schmolz Charlotte dahin.

Für einen Moment schloss Luke die Augen, spielte hoch konzentriert und voller Gefühl weiter. Am liebsten wäre Charlotte wie ein Groupie auf die Bühne gesprungen und hätte sich auf ihn gestürzt, seinen Hals liebkost, seinen Bartschatten hinauf und dann seine sinnlichen Lippen geküsst. In diesem Moment öffnete Luke wieder die Augen und ein wissendes Lächeln umspielte seinen Mund.

***

„Habe ich deinen Blick vorhin richtig gedeutet?"

Charlotte spürte Lukes Lippen in ihrem Nacken und seine Arme um ihre Mitte, die sie von hinten umfingen.

„Welchen Blick meinst du?" Mit unschuldiger Miene drehte sie sich zu ihrem Mann um, während sie den zweiten Schuh von ihrem Fuß kickte. Nach einem aufregenden Abend waren sie endlich in ihrem Hotelzimmer angekommen und Charlotte konnte es kaum erwarten, endlich ihren bequemen Pyjama anzuziehen.

Luke lächelte amüsiert. „Du weißt ganz genau, welchen Blick ich meine."

„Ach, meinst du den, den ich zurzeit immer habe, wenn ich Salamipizza sehe?"

„Genau den." Zärtlich knabberte Luke an ihrem Hals, während seine Hände dabei halfen, ihr das Kleid über den Kopf zu ziehen. Seine Berührungen ließen die Hitze in ihr aufsteigen. „Du kannst dir gar nicht vorstellen, wie sehr ich dich begehre."

Lukes verklärter Blick wanderte über Charlottes Körper und ihre vollen Brüste, die während der Schwangerschaft eine beachtliche Größe angenommen hatten. „Ich kann's kaum abwarten, bis wir wieder miteinander schlafen können ..."

Verlegen strich sich Charlotte über den runden Bauch. Auch wenn sie in den vergangenen Monaten und auch jetzt ein unstillbares Verlangen verspürt hatte, waren sie beide standhaft geblieben.

„Wir haben noch den Rest unseres Lebens vor uns", erwiderte sie, wodurch sie sich und auch Luke zur Vernunft ermahnte, und schlüpfte in ihren Schlafanzug. „Komm, lass uns ins Bett gehen, Schatz." Charlotte griff nach Lukes Hand und zog ihn mit zu dem großen Kingsizebett.

„Einen Moment, ich schaue nur kurz nach Cody", sagte der jedoch und gab ihr einen Kuss auf die Stirn.

Lächelnd sah Charlotte Luke hinterher, wie er im angrenzenden Schlafzimmer verschwand. Cody war bereits im Auto eingeschlafen – kein Wunder, denn nach Lukes Auftritt waren sie und ihre Familie noch gemeinsam essen gegangen, weshalb sie erst spät zurück zum Hotel gefahren waren.

Schnell schlüpfte Charlotte in das Bett und zog sich die Decke bis zum Hals. Sie freute sich schon riesig auf zu Hause, ihre bequeme Matratze, die heimelige Küche und das gemütliche Wohnzimmer, und das, obwohl sie nur drei Tage fortgewesen waren.

„Alles klar? Du lächelst so zufrieden", bemerkte Luke, als er wieder zurückkam, zu Charlotte ins Bett stieg und sie an sich zog.

„Ja, ich freue mich nur, bald wieder daheim zu sein. Ich kann es immer noch nicht glauben, dass wir endlich mit dem Haus fertig sind."

„Genau rechtzeitig." Liebevoll streichelte Luke Charlotte über den Bauch.

„Wohl eher in allerletzter Minute. Dafür habe ich jetzt wenigstens meine Traumküche und du dein Tonstudio."

Mit einem Schmunzeln dachte Charlotte an die aufwändigen Umbauarbeiten des alten Hauses, das auf dem Nachbargrundstück der Walkers stand. Neben einem Anbau mit drei zusätzlichen Zimmern hatten sie auch die Veranda vergrößert und im Erdgeschoss sämtliche Wände einreißen lassen.

Für beide war klar gewesen, dass sie in Gainesville bleiben würden. Cody und Joseph waren ein Herz und eine Seele und Luke konnte überall Songs schreiben. Außerdem wollten sie nicht auf ihre Freunde und natürlich *Al's Diner* verzichten. Mehrmals im Monat schaute Luke in seinem Club nach dem Rechten, der mittlerweile von Trace geleitet wurde, weshalb er genügend Zeit hatte, sich um seine kleine Familie zu kümmern.

„Schade, dass Mom nicht mehr sehen kann, wie schön alles geworden ist."

„Sie wäre so stolz auf dich. Und ich bin es auch. Mein Mann, der Countrystar *und* Heimwerker!"

Obwohl Charlottes Stimme heiter klang, mischte sich Traurigkeit in ihre Gedanken. Nächste Woche würde sich Beckys Todestag schon zum ersten Mal jähren.

„Bleibt es dabei, dass Josie und dein Dad nächste Woche zum Essen kommen?"

„Ja, Dad freut sich schon riesig auf dein Roastbeef mit Süßkartoffelecken", erwiderte Luke amüsiert. „Er kam beim letzten Mal kaum aus dem Schwärmen heraus. Meine Frau, die knallharte Managerin *und* Köchin!"

„Wäre das Kochbuch deiner Mom nicht so detailliert, könnte ich nicht mal Wasser zum Kochen bringen", erwiderte Charlotte lapidar.

Schmunzelnd zog Luke eine Augenbraue nach oben. „Da bin ich aber anderer Meinung. Wenn du mich weiterhin so verwöhnst, muss ich auf der Bühne bald Spandex tragen!" Luke griff sich demonstrativ an den Bauch und verzog kritisch das Gesicht.

„Von Bauch-weg-Shapern bist du noch weit entfernt, mein Schatz. Du hast ja nicht mal ansatzweise ein Schwangerschaftsbäuchlein!"

Prüfend strich Charlotte mit der Hand über Lukes flachen Bauch und stoppte über dem Bund seiner Shorts. Wie von selbst fanden ihre Lippen seine. Tief sog sie seinen Duft ein und gab sich ganz seinen Küssen hin, die zunehmend fordernder wurden. Nicht mehr lange und sie konnten sich endlich wieder lieben, denn dann würde ihr kleines Mädchen da sein und ihr Leben noch perfekter machen ...

Ende